Das Geheimnis der Pyramiden

ALEXANDER ARMIN

INHALTSVERZEICHNIS

1
Das Geheimnis der Pyramiden

1.1 Lior Kemet: Ein Archäologe mit einer Obsession

Die unerbittliche Hitze der Wüste von Heliopolis lastete schwer auf der kargen Landschaft, während Lior Kemet mit festem Entschluss seinen ersten Fuß in die glühenden Sanddünen setzte. Jeder Schritt schien ihn tiefer in die Dunkelheit zu führen, in eine Welt voller Geheimnisse und unerforschter Wahrheiten. Lior war nicht bloß ein Archäologe; er war ein Suchender, getrieben von einer tiefen Besessenheit für die Pyramiden, die majestätisch am Horizont emporragten. Diese gewaltigen Strukturen waren für ihn mehr als nur alte Grabstätten – sie waren Schlüssel zu vergessenen Wahrheiten, die darauf warteten, ans Licht gebracht zu werden.

In seinen Gedanken wirbelten Erinnerungen an seinen Vater, der ebenfalls Archäologe gewesen war. Der Verlust seines Vaters hatte eine tiefe Narbe in Liors Seele hinterlassen, eine Narbe, die ihn sowohl antrieb als auch quälte. Oft stellte er sich vor, wie sein Vater in den gleichen Wüstensand trat, seine Augen voller Staunen über die Wunder der Antike. Doch während Lior die Wüste betrat, spürte er die drückende Last der Erwartungen und der Erinnerungen, die ihn begleiteten. Es war, als ob die Wüste selbst seine inneren Kämpfe widerspiegelte – die sengende Hitze, die seine Haut verbrannte, war eine Metapher für die Unruhe in seinem Herzen.

"Was verbirgt ihr, alte Pyramiden?", murmelte er leise, während er den Blick auf die monumentalen Strukturen richtete. "Welche Geheimnisse habt ihr, die das Verständnis der Menschheit erweitern könnten?" Diese Fragen brannten in ihm, während er die schimmernden Sandkörner betrachtete, die wie kleine Sterne im Sonnenlicht funkelten. Lior war überzeugt, dass die Pyramiden mehr waren als nur Steine; sie waren Archive des Wissens, die darauf warteten, entschlüsselt zu werden. Doch je näher er ihnen kam, desto mehr spürte er die Bedrohung, die von ihnen ausging. Die Geschichten, die er gehört hatte, über Flüche und uralte Götter, flüsterten in seinem Hinterkopf, während er weiterging.

Sein Herz schlug schneller, als er den ersten Schatten der Pyramiden erreichte. Die massive Struktur war nicht nur ein architektonisches Meisterwerk, sondern auch ein Symbol für das, was er suchte – Wahrheit und Wissen. Doch in diesem Moment wurde ihm klar, dass jede Entdeckung ihren Preis hatte. Die Wüste war nicht nur ein Ort der Erleuchtung, sondern auch ein Ort der Gefahren. Er dachte an die Rivalin, die ihm im Nacken saß – Seraphina Almaso, die Historikerin, die eine ganz andere Theorie vertrat. Sie glaubte, dass die Pyramiden Gefängnisse uralter Götter waren, und ihre Überzeugungen standen in direktem Gegensatz zu seinen. Diese Rivalität verstärkte die Spannungen in seinem Inneren, während er versuchte, seinen eigenen Weg zu finden.

Die Wüste um ihn herum schien lebendig zu werden, als er den ersten Schritt in die Dunkelheit der Pyramide wagte. Der Eingang war schmal und düster, und die kühle Luft, die ihm entgegenströmte, war ein willkommener Kontrast zur Hitze draußen. Doch gleichzeitig verspürte er ein Gefühl der Beklemmung, als ob die Wände der Pyramide ihn umschlossen und ihn daran erinnerten, dass er nicht allein war. "Was wirst du finden, Lior?", fragte er sich selbst, während er die Fackel entzündete, die er in seiner Tasche aufbewahrt hatte. Das Licht flackerte und tanzte an den Wänden, und für einen Moment fühlte er sich wie ein Kind, das in die Geschichten seines Vaters eintauchte.

Doch die Geschichten waren nicht nur Märchen; sie waren die Realität, die ihn jetzt umgab. Die Dunkelheit war nicht nur physisch, sondern auch metaphorisch – sie symbolisierte die Ungewissheit seiner Suche und die Geheimnisse, die noch gelüftet werden mussten. Während er tiefer in die Pyramide vordrang, spürte er, wie die Fragen, die ihn quälten, lauter wurden. War er bereit, die Wahrheit zu akzeptieren, egal wie schmerzhaft sie sein mochte? Und was würde geschehen, wenn er die Geheimnisse entdeckte, die die Pyramiden bewahrten?

In diesem Moment, als er die Schwelle zur Dunkelheit überschritt, wusste Lior, dass dies der Beginn eines Abenteuers war, das sein Leben für immer verändern würde. Die Pyramiden warteten auf ihn, und mit jedem Schritt, den er tat, würde er näher an die Antworten kommen, die er so verzweifelt suchte. Doch er war sich auch bewusst, dass die Suche nach Wissen oft mit Risiken verbunden war – und dass die Wüste nicht nur seine Verbündete, sondern auch seine Feindin sein konnte.

1.2 Heliopolis: Wo die Geheimnisse schlummern

Heliopolis, ein funkelnder Edelstein inmitten der glühenden Wüste, offenbarte sich mit ihren ehrwürdigen Tempeln, die majestätisch in den strahlend blauen Himmel ragten. Ein geheimnisvolles Flüstern durchdrang die Luft und weckte in Lior Kemet Erinnerungen an die Geschichten seiner Kindheit. Es schien, als ob die Pyramiden selbst ihm ihre tiefsten Geheimnisse zuflüsterten, während er gemächlich durch die verwinkelten Gassen der Stadt schlenderte. Jeder Schritt auf dem staubigen Boden führte ihn näher zu der Wahrheit, nach der er so verzweifelt suchte.

Die Tempel, umgeben von schattenspendenden Palmen und glitzernden Wasserbecken, waren stumme Zeugen einer Ära, in der die Götter noch unter den Menschen wandelten. Lior hielt inne, um die kunstvollen Hieroglyphen zu betrachten, die die Wände der ehrwürdigen Gebäude zierten. Sie erzählten von Mythen und Legenden, von Göttern, die Macht über Leben und Tod hatten. In diesem Augenblick fühlte er sich sowohl erhaben als auch klein, als ob die Geschichte selbst ihn mit wachsamen Augen beobachtete.

Die Stadt pulsierte vor Leben, doch eine spürbare Spannung lag in der Luft, die Lior nicht ignorieren konnte. Er ahnte, dass etwas Großes bevorstand, etwas, das die Grenzen von Wissen und Glauben sprengen könnte. Heliopolis war mehr als nur ein Ort; es war ein lebendiges Wesen, das darauf wartete, dass seine Geheimnisse ans Licht kamen. Lior war überzeugt, dass er hier die ersten Hinweise auf die Pyramiden finden würde, die ihm seit seiner Kindheit so am Herzen lagen.

Während er weiterging, wurde ihm klar, dass die Stadt mehr war als ein historisches Relikt. Sie war ein Ort der Magie und des Wissens, wo Vergangenheit und Gegenwart miteinander verwoben waren. Die Pyramiden, die im Hintergrund thronten, schienen mit jedem Atemzug zu flüstern, als wollten sie ihm versichern, dass er auf dem richtigen Weg war. Lior fühlte sich von einer unstillbaren Neugier getrieben, die ihn dazu brachte, die Stadt und ihre Geschichte eingehender zu erkunden.

Er wandte sich einem kleinen Markt zu, wo Händler ihre Waren anpriesen. Der Duft von Gewürzen und frischem Obst erfüllte die Luft, während die Stimmen der Verkäufer ein lebhaftes Durcheinander bildeten. Lior ließ sich von der Atmosphäre mitreißen und begann, mit den Einheimischen zu sprechen. Ihre Geschichten über die Pyramiden waren durchdrungen von Ehrfurcht und Respekt, aber auch von Angst. Einige behaupteten, dass die Pyramiden nicht nur Grabstätten seien, sondern auch Gefängnisse für uralte Götter, die darauf warteten, befreit zu werden.

Diese Geschichten ließen Liors Herz schneller schlagen. Sie verstärkten seine Überzeugung, dass die Pyramiden mehr waren als bloße Monumente. Sie waren Schlüssel zu vergessenen Wahrheiten, und er war fest entschlossen, diese Geheimnisse zu lüften. Doch je mehr er hörte, desto deutlicher spürte er die Rivalität, die in der Luft lag. Seraphina Almaso, die Historikerin, die er kürzlich getroffen hatte, vertrat eine andere Theorie. Sie war überzeugt, dass die Pyramiden nicht nur Artefakte der Vergangenheit waren, sondern auch Gefahren bargen, die die Menschheit bedrohen könnten.

Die Spannung zwischen ihren beiden Ansichten war greifbar. Lior konnte nicht anders, als sich zu fragen, ob ihre unterschiedlichen Überzeugungen sie auf einen gefährlichen Pfad führen würden. Während er durch die Straßen von Heliopolis wanderte, spürte er, wie die Geheimnisse der Stadt ihn umhüllten, ihn herausforderten und gleichzeitig seine Entschlossenheit stärkten. Er war bereit, alles zu riskieren, um die Wahrheit zu finden, auch wenn dies bedeutete, sich seinen eigenen Ängsten und Zweifeln zu stellen.

Als die Sonne langsam hinter den Pyramiden verschwand und die Dunkelheit über die Stadt hereinbrach, wusste Lior, dass er an der Schwelle zu etwas Großem stand. Die Geheimnisse der Pyramiden warteten darauf, entdeckt zu werden, und er war entschlossen, nicht nur die Wahrheit über die Vergangenheit zu enthüllen, sondern auch sein eigenes Schicksal zu gestalten. Mit einem letzten Blick auf die schimmernden Silhouetten der Pyramiden versprach er sich selbst, dass er die Geheimnisse, die sie bargen, lüften würde, egal welche Herausforderungen ihm begegnen würden.

1.3 Seraphina Almaso: Die Rivalin tritt auf

Unbarmherzig brannte die Sonne auf die Pyramiden von Heliopolis, während Lior Kemet mit einem Gefühl der Vorahnung durch die staubigen Straßen der Stadt schritt. In seinen Gedanken verweilte er bei den Geheimnissen, die in den alten Steinen verborgen lagen, als ihn plötzlich eine Präsenz aus seinen Überlegungen riss. Seraphina Almaso trat aus dem Schatten eines ehrwürdigen Tempels hervor, ihre Augen funkelten wie smaragdgrüne Sterne im Dämmerlicht. Sie war nicht nur eine Historikerin; sie war eine Naturgewalt, stark und intelligent, mit einer Aura, die sowohl anziehend als auch einschüchternd wirkte.

"Lior Kemet", begann sie mit einer Stimme, die so klar war wie der Wind, der durch die Wüste wehte. "Ich habe von deinen Theorien gehört. Du glaubst, die Pyramiden seien Schlüssel zu vergessenen Wahrheiten. Aber was, wenn sie mehr sind? Was, wenn sie Gefängnisse für Götter sind?" Ihre Worte hingen in der Luft, scharf und herausfordernd. In diesem Moment wurde die Rivalität zwischen ihnen greifbar, ein elektrisches Gefühl, das die Luft erfüllte.

Lior spürte, wie sich sein Herzschlag beschleunigte. "Das ist absurd, Seraphina. Die Pyramiden sind Monumente der Menschheit, nicht der Götter. Sie sind Grabstätten, nicht Gefängnisse." Der Zorn in seiner Stimme war unüberhörbar, als er sich ihr näherte. "Du spielst mit alten Mythen, die die Menschen in Angst versetzen."

Seraphina lächelte, aber es war kein freundliches Lächeln. "Und du spielst mit der Wahrheit, Lior. Glaubst du wirklich, dass die alten Ägypter solch monumentale Strukturen nur für die Toten errichtet haben? Sie waren viel weiser, als wir es heute sind. Diese Pyramiden sind mehr als nur Steine; sie sind Symbole für Macht und Kontrolle."

Die Diskussion zwischen ihnen entglitt schnell der Rationalität und verwandelte sich in einen leidenschaftlichen Austausch, der die Wüste um sie herum zum Leben erweckte. Lior sah in Seraphinas Augen eine tiefe Überzeugung, die ihn gleichzeitig faszinierte und frustrierte. Sie war nicht nur eine Rivalin; sie war eine komplexe Figur, gefangen zwischen Glauben und Wissenschaft, zwischen der Faszination für das Übernatürliche und dem Drang nach Wahrheit.

"Was treibt dich an, Seraphina?", fragte Lior, seine Stimme nun leiser, fast eindringlich. "Ist es der Wunsch nach Ruhm oder die Suche nach Wissen?"

Sie zögerte einen Moment, und in dieser Stille erkannte Lior, dass auch sie Zweifel hatte. "Es ist beides", gestand sie schließlich. "Ich will die Wahrheit, aber ich fürchte auch, was ich finden könnte. Manchmal frage ich mich, ob es besser wäre, die Geheimnisse der Pyramiden ruhen zu lassen."

In diesem Augenblick, als die Sonne hinter den Pyramiden verschwand und die Dunkelheit langsam die Wüste umhüllte, spürte Lior eine unerwartete Verbindung zu Seraphina. Ihre Rivalität war nicht nur ein Kampf um Wissen, sondern auch ein Kampf um die eigene Identität. Sie standen beide am Rande des Unbekannten, bereit, alles zu riskieren, um die Geheimnisse zu enthüllen, die die Pyramiden bargen.

Doch bevor sie weiter diskutieren konnten, fiel Liors Blick auf etwas, das im Sand lag. Ein rätselhafter Hinweis, der im schwachen Licht schimmerte. "Seraphina, schau!", rief er und bückte sich, um das Artefakt aufzuheben. Es war ein kleiner, mit Symbolen verzierter Stein, der ihm sofort vertraut vorkam. "Das könnte der Schlüssel zur Wahrheit sein, die wir suchen!"

Seraphinas Augen weiteten sich vor Staunen, und für einen kurzen Moment schien die Rivalität zwischen ihnen zu verblassen. "Was hast du gefunden?", fragte sie, während sie sich über seine Schulter beugte, um einen Blick darauf zu werfen. Der Moment war elektrisch, die Spannung zwischen ihnen greifbar, als sie gemeinsam über das Artefakt schauten, das möglicherweise ihre Schicksale verändern könnte.

Die Dunkelheit um sie herum wurde dichter, und Lior wusste, dass die Zeit drängte. Der Wettlauf gegen die Zeit hatte begonnen, und die Geheimnisse der Pyramiden würden nicht lange auf sich warten lassen. "Wir müssen herausfinden, was das bedeutet", sagte er entschlossen. "Es könnte alles verändern."

Seraphina nickte, und in diesem Moment waren sie nicht mehr Rivalen, sondern Partner in einem Abenteuer, das sie beide an die Grenzen ihrer Überzeugungen führen würde. Doch tief in ihrem Inneren wussten sie, dass die Antworten, die sie suchten, nicht nur ihre Theorien, sondern auch ihre Seelen in Frage stellen könnten.

2
Sandige Rivalitäten

2.1 Lior und Seraphina: Ein erstes Aufeinandertreffen

Unbarmherzig brannte die glühende Sonne auf die Wüste von Heliopolis, während Lior Kemet, ein junger Archäologe mit unstillbarer Neugier, sich auf den Weg zu einem der geheimnisvollsten Orte der Welt machte. Der Sand knirschte unter seinen Füßen, während er die schattenhaften Silhouetten der Pyramiden betrachtete, die wie alte Wächter über das Land wachten. Doch an diesem Tag sollte sich sein Schicksal nicht nur durch die Geheimnisse der Pyramiden verändern, sondern auch durch die Begegnung mit einer Rivalin, die seine Welt auf den Kopf stellen würde.

Seraphina Almaso war eine Historikerin, deren Leidenschaft für die alten Mythen und Legenden Ägyptens ebenso stark war wie Liors Drang nach Wahrheit. Als sie zum ersten Mal aufeinandertrafen, war die Chemie zwischen ihnen sofort spürbar. Ihre Blicke trafen sich in einem Moment, der sowohl elektrisierend als auch herausfordernd war. Lior fühlte sich von Seraphinas Intensität angezogen, während sie ihn gleichzeitig als naiv ansah, einen Träumer, der die Realität der uralten Götter und ihrer Macht nicht verstand.

"Die Pyramiden sind Gefängnisse uralter Götter", erklärte Seraphina mit fester Stimme, während sie mit einer Handbewegung die monumentalen Strukturen hinter sich gestikulierte. "Sie sind nicht nur Grabstätten, sondern auch Versiegelungen, die verhindern, dass diese Mächte zurückkehren." Ihre Augen funkelten vor Überzeugung, und Lior konnte nicht anders, als von ihrer Leidenschaft fasziniert zu sein.

"Und ich sage dir, dass sie Schlüssel zu vergessenen Wahrheiten sind", erwiderte Lior, seine Stimme fest und bestimmt. "Jede Steinplatte, jede Hieroglyphe erzählt eine Geschichte, die darauf wartet, entdeckt zu werden. Glaubst du wirklich, dass wir uns in die Vergangenheit zurückziehen sollten, anstatt sie zu erforschen?"

Die Spannung zwischen ihren unterschiedlichen Ansichten war greifbar. Lior spürte, wie die Hitze der Wüstensonne nicht nur seine Haut, sondern auch die Emotionen zwischen ihnen aufheizte. Es war nicht nur ein Kampf der Ideen, sondern auch ein Kampf der Persönlichkeiten. Während Seraphina in ihrer Überzeugung fest verankert war, schien Lior bereit zu sein, die Grenzen des Bekannten zu überschreiten, um das Unbekannte zu erforschen.

"Du bist naiv, Lior", sagte Seraphina, ihre Stimme klang scharf, aber nicht ohne einen Hauch von Mitgefühl. "Die Götter sind nicht nur Geschichten. Sie sind real, und die Pyramiden sind ihre Gefängnisse. Du musst verstehen, dass Wissen nicht immer Macht bedeutet. Manchmal ist es ein Fluch."

"Und manchmal ist es die einzige Möglichkeit, die Wahrheit zu finden", konterte Lior, der den Mut fand, sich gegen ihre Worte zu stellen. Er konnte die Anziehungskraft zwischen ihnen spüren, ein unsichtbares Band, das sie trotz ihrer Differenzen zusammenhielt. Doch diese Anziehung war auch von Konflikten durchzogen, und die hitzige Diskussion spiegelte die Intensität ihrer Emotionen wider.

"Wir sind hier, um Antworten zu finden, nicht um uns gegenseitig zu bekriegen", sagte Lior, während er versuchte, die aufkommende Spannung zu entschärfen. "Lass uns gemeinsam die Geheimnisse lüften, die diese Pyramiden verbergen. Vielleicht können wir beide etwas lernen."

Seraphina zögerte einen Moment, und in ihrem Blick lag eine Mischung aus Skepsis und Neugier. "Gemeinsam? Das klingt nach einer gefährlichen Idee. Aber vielleicht hast du recht. Wir könnten mehr erreichen, wenn wir unsere Kräfte bündeln."

In diesem Augenblick, als die Wüstensonne über ihnen brannte und die Schatten der Pyramiden sich lang und geheimnisvoll über den Sand legten, war die Luft erfüllt von einer neuen Möglichkeit. Die Rivalität zwischen ihnen könnte sich in eine Zusammenarbeit verwandeln, doch die Unsicherheiten blieben. Lior wusste, dass Seraphina ihn als naiv ansah, während er sie als leidenschaftlich und entschlossen empfand. Diese Dynamik würde die Grundlage ihrer zukünftigen Interaktionen bilden.

Die Hitze der Wüste schien die Emotionen zwischen ihnen zu verstärken, während sie sich auf den Weg machten, die Geheimnisse der Pyramiden zu entschlüsseln. Doch die Fragen, die sie sich stellten, waren nicht nur akademischer Natur; sie waren auch persönlich. Welche Wahrheiten würden sie entdecken, und welche Schatten der Vergangenheit würden sie aufdecken? Die Antwort lag in der Dunkelheit der Pyramiden, und ihr Abenteuer hatte gerade erst begonnen.

2.3 Ein rätselhafter Hinweis: Der Schlüssel zur Wahrheit?

Still und geheimnisvoll erstreckte sich die Wüste von Heliopolis vor Lior, während er den rätselhaften Hinweis in seinen Händen hielt. Die Worte, die er entdeckt hatte, pulsierten in der glühenden Hitze der Sonne, als ob sie lebendig wären. Jeder Buchstabe war ein Schlüssel, der die Türen zu den Geheimnissen der Pyramiden öffnen könnte. Doch was bedeuteten sie wirklich? Lior spürte, wie sein Herz schneller schlug, während er über die Möglichkeiten nachdachte, die sich ihm boten.

Seraphina stand neben ihm, ihre Augen weiteten sich vor Staunen und Skepsis. "Das könnte alles verändern", murmelte sie, ihre Stimme war ein Flüstern, das fast im Wind verloren ging. "Aber was, wenn es uns in eine Falle führt? Was, wenn wir die uralten Götter wecken, die du so sehr fürchtest?" Ihre Zweifel waren greifbar, und Lior konnte die Spannung zwischen ihnen förmlich spüren. Sie waren Rivalen, aber auch Partner in einem Wettlauf gegen die Zeit, und die Entdeckung des Hinweises stellte alles auf den Kopf.

"Wir müssen herausfinden, was es bedeutet", entgegnete Lior entschlossen. "Wir können nicht einfach wegsehen, nur weil es gefährlich ist. Das wäre unehrlich gegenüber dem, was wir suchen." In seinem Inneren kämpfte er mit der Angst, dass Seraphinas Theorie über die Pyramiden als Gefängnisse für Götter wahr sein könnte. Doch die Neugier und der Drang nach Wissen überwogen. Er wollte die Wahrheit, egal wie beängstigend sie sein mochte.

Seraphina seufzte und sah in die Ferne, wo die Pyramiden majestätisch in den Himmel ragten. "Vielleicht hast du recht", gab sie schließlich zu. "Aber wir müssen vorsichtig sein. Drakon wird nicht zögern, uns zu verfolgen, wenn er erfährt, dass wir etwas gefunden haben, das ihm Macht geben könnte." Ihre Worte hingen schwer in der Luft, und Lior spürte die Dringlichkeit ihrer Situation. Der skrupellose Antiquitätenhändler war ihnen bereits auf den Fersen, und sie hatten keine Zeit zu verlieren.

"Was ist, wenn wir zusammenarbeiten?", schlug Lior vor, während er sie ansah. "Wenn wir unsere Kräfte bündeln, könnten wir vielleicht die Geheimnisse der Pyramiden entschlüsseln, bevor Drakon es tut." Die Idee war riskant, aber sie könnte der einzige Weg sein, um die Wahrheit zu finden und sich gleichzeitig vor der drohenden Gefahr zu schützen.

Seraphina zögerte, und Lior konnte die inneren Konflikte in ihrem Gesicht ablesen. Sie war stolz und unabhängig, aber auch intelligent genug, um zu wissen, dass sie in dieser Situation einen Verbündeten brauchte. "Ich… ich weiß nicht", stammelte sie. "Was ist, wenn du mich hintergehst? Was ist, wenn du die Macht für dich allein beanspruchen willst?"

"Das werde ich nicht tun", versprach Lior, seine Stimme fest und voller Überzeugung. "Ich suche die Wahrheit, nicht die Macht. Wir sind beide auf der gleichen Seite, auch wenn wir unterschiedliche Ansichten haben. Lass uns diese Unterschiede beiseitelegen und gemeinsam an diesem Rätsel arbeiten."

Ein Moment der Stille trat ein, während Seraphina über seine Worte nachdachte. Schließlich nickte sie langsam. "In Ordnung. Lass uns das tun. Aber ich werde dich im Auge behalten, Lior Kemet." Ihr Ton war spielerisch, aber die Ernsthaftigkeit ihrer Absicht war klar. Gemeinsam würden sie sich den Herausforderungen stellen, die vor ihnen lagen.

Die Sonne begann unterzugehen und tauchte die Wüste in ein warmes, goldenes Licht. Es war ein neuer Anfang, aber auch ein ungewisser. Lior und Seraphina wussten, dass sie in einen Wettlauf gegen die Zeit verwickelt waren, und die Dunkelheit, die sich über die Pyramiden legte, schien voller Geheimnisse und Gefahren zu sein. Doch in diesem Moment, in dem sie beschlossen hatten, zusammenzuarbeiten, fühlte sich die Welt ein wenig weniger bedrohlich an.

Mit dem Hinweis in der Hand und dem Versprechen von Abenteuern, die noch kommen würden, machten sie sich auf den Weg zurück zu den Pyramiden. Lior spürte, wie die Aufregung in ihm wuchs. Die Suche nach der Wahrheit hatte gerade erst begonnen, und er war bereit, alles zu riskieren, um die Geheimnisse zu lüften, die seit Jahrhunderten verborgen waren.

3
Der verborgene Eingang

3.1 Lior entdeckt den geheimen Zugang

Unbarmherzig brannte die glühende Sonne auf die Wüste von Heliopolis, während Lior Kemet, der junge Archäologe, mit klopfendem Herzen und zitternden Händen vor dem geheimen Eingang stand. Der schmale Spalt in der Felswand flüsterte wie ein dunkles Geheimnis, das nur darauf wartete, enthüllt zu werden. Um ihn herum erfüllte eine Mischung aus Aufregung und Nervosität die Luft, während er den kühlen Schatten des Eingangs betrachtete, der ihm wie ein Portal in eine andere Welt erschien.

Sein Verstand ratterte, als Erinnerungen an die Geschichten, die er über die Pyramiden gehört hatte, in ihm aufstiegen – Erzählungen von vergessenen Wahrheiten und uralten Mächten, die tief im Sand verborgen lagen. Lior spürte, dass er an der Schwelle zu etwas Großem stand, und seine Emotionen schwankten zwischen Angst und Entzücken. Was würde er in der Dunkelheit finden? Welche Geheimnisse lagen hinter dieser Schwelle?

Mit einem tiefen Atemzug trat er näher, seine Füße fühlten sich schwer an, als ob der Sand selbst ihn zurückhalten wollte. Die Wände des Eingangs waren mit rätselhaften Symbolen bedeckt, die in der Dämmerung schimmerten, als ob sie lebendig wären. Lior konnte nicht anders, als die künstlerischen Muster zu bewundern, die die alten Ägypter hinterlassen hatten. Jedes Zeichen schien eine Geschichte zu erzählen, und seine Neugier wuchs ins Unermessliche.

Er zog sein Notizbuch hervor und begann hastig, die Symbole zu skizzieren. Seine Hände zitterten, nicht nur vor Aufregung, sondern auch unter dem drückenden Gewicht der Erwartungen, die auf ihm lasteten. Er wusste, dass diese Entdeckung der erste Schritt in ein größeres Abenteuer war, eines, das ihn nicht nur mit den Geheimnissen der Pyramiden, sondern auch mit seiner eigenen Vergangenheit konfrontieren würde.

Die Dunkelheit hinter dem Eingang schien ihn zu rufen, ein verlockendes Versprechen von Wissen und Gefahr. Lior stellte sich vor, wie es wäre, in die Kammer einzutreten, die möglicherweise das Schicksal der Menschheit verändern könnte. Doch die Angst vor dem Unbekannten nagte an ihm. Was, wenn er nicht zurückkehren konnte? Was, wenn die Pyramiden mehr waren als nur Monumente der Vergangenheit, sondern auch Gefängnisse für die Götter, wie Seraphina Almaso behauptete?

Ein Schauer lief ihm über den Rücken, als er an ihre letzte Begegnung dachte. Ihre leidenschaftlichen Argumente und der Funke in ihren Augen hatten ihn fasziniert und gleichzeitig verunsichert. Er wusste, dass sie eine Rivalin war, aber es gab auch eine unerklärliche Anziehung zwischen ihnen, die die Komplexität ihrer Beziehung nur verstärkte. Jetzt, da er vor diesem geheimen Eingang stand, fragte er sich, ob sie ihm folgen würde, wenn sie wüsste, was er entdeckt hatte.

Mit einem letzten Blick auf die strahlenden Pyramiden, die majestätisch gegen den Himmel ragten, wagte Lior den ersten Schritt in die Dunkelheit. Sein Herz schlug wild, und die Stille um ihn herum wurde von dem Geräusch seines eigenen Atems durchbrochen. Der Eingang war eng und feucht, und als er weiter vordrang, umhüllte ihn die Dunkelheit wie ein schwerer Mantel. Plötzlich spürte er, wie die Kälte der Kammer seine Haut berührte, und ein Schauer durchfuhr ihn.

Die Kammer öffnete sich vor ihm, und das schwache Licht seiner Taschenlampe fiel auf die Wände, die mit goldenen Hieroglyphen und antiken Artefakten geschmückt waren. Ein Gefühl der Ehrfurcht überkam ihn, als er die Überreste einer vergangenen Zivilisation sah, die ihm Geschichten von Ruhm und Macht erzählten. Hier war der Ort, an dem die Zeit stillzustehen schien, und Lior fühlte sich wie ein Teil von etwas Größerem.

Sein Blick fiel auf einen großen Sarkophag in der Mitte der Kammer, umgeben von verschiedenen Artefakten, die wie Wächter der Geheimnisse standen. Die Symbole, die ihn umgaben, schienen lebendig zu werden, und Lior spürte, dass er an einem Wendepunkt seiner Reise angekommen war. Die Fragen, die ihn so lange verfolgt hatten, würden hier vielleicht Antworten finden. Doch die Unsicherheit nagte an ihm: Was würde er entdecken? Und zu welchem Preis?

Mit jedem Schritt, den er tiefer in die Kammer wagte, wurde ihm klar, dass dies erst der Anfang war. Die Dunkelheit hielt mehr als nur Geheimnisse bereit; sie barg auch Gefahren, die er sich nicht einmal vorstellen konnte. Und während die Schatten um ihn herum tanzten, wusste Lior, dass er bereit war, alles zu riskieren, um die Wahrheit zu finden – auch wenn es bedeutete, sich seinen eigenen Ängsten zu stellen.

3.2 Schritte in die Dunkelheit: Ein neues Abenteuer beginnt

Mit einem tiefen Atemzug betrat Lior die Schatten der Kammer, das Licht hinter ihm schwand rasch und ließ ihn in einem Ozean aus Dunkelheit zurück. Die Wände schienen sich um ihn zu schließen, als er den ersten Schritt wagte, und ein Schauer der Angst durchfuhr ihn. Diese Dunkelheit war nicht nur physisch; sie stellte auch eine Metapher für die inneren Ängste und Zweifel dar, die ihn seit seiner Kindheit begleiteten. Erinnerungen an seinen verschwundenen Vater schossen ihm durch den Kopf, und er fragte sich, ob er in die gleichen Fallen tappen würde, die seinen Vater verschlungen hatten.

Seraphina folgte ihm, ihre Präsenz hinter ihm wie ein Lichtstrahl in der Finsternis. Ihre Schritte waren leise, aber entschlossen, und während sie tiefer in die Kammer vordrangen, spürte Lior, wie sich eine seltsame Dynamik zwischen ihnen entwickelte. In dieser unsicheren Umgebung waren sie gezwungen, zusammenzuarbeiten, um die Herausforderungen zu meistern, die vor ihnen lagen. Es war ein Gefühl, das sowohl beunruhigend als auch aufregend war. Lior war sich nicht sicher, ob er Seraphina vertrauen konnte, aber die Umstände zwangen ihn dazu, ihre Rivalität beiseite zu schieben und sich auf das gemeinsame Ziel zu konzentrieren.

Die Dunkelheit war nicht nur ein physisches Hindernis; sie spiegelte auch die Unsicherheiten wider, die in Lior lebten. Jeder Schritt, den er machte, wurde von einem Gefühl der Beklemmung begleitet. Was, wenn die Pyramiden tatsächlich Gefängnisse uralter Götter waren? Was, wenn er die Wahrheit nicht ertragen konnte? Diese Fragen nagten an ihm, während er sich durch die engen Gänge der Kammer bewegte. Plötzlich hörte er ein Geräusch – ein leises Rascheln, das durch die Stille schnitt. Er hielt inne, sein Herz schlug schneller. War es nur seine Einbildung oder gab es wirklich etwas in der Dunkelheit?

"Lior, alles in Ordnung?" Seraphinas Stimme war ruhig, aber Lior konnte die Anspannung darin hören. Er drehte sich um und sah sie an, ihre Augen leuchteten im schwachen Licht ihrer Taschenlampe. "Ja, ich... ich glaube schon", murmelte er, obwohl er sich nicht sicher war. Die Dunkelheit schien ihn zu beobachten, und er fühlte sich verletzlich und exponiert.

"Wir müssen weitergehen", sagte Seraphina entschlossen und trat näher an ihn heran. Ihre Nähe gab ihm einen Hauch von Sicherheit, und er nickte, bereit, sich der Dunkelheit zu stellen. Gemeinsam schritten sie voran, und mit jedem Schritt schien die Dunkelheit dichter zu werden. Lior bemerkte, dass die Wände der Kammer mit seltsamen Symbolen bedeckt waren, die in der Dunkelheit kaum zu erkennen waren. Er konnte nicht anders, als sich zu fragen, was sie bedeuteten und ob sie Hinweise auf die Geheimnisse der Pyramiden enthielten.

"Sieh dir das an", flüsterte Seraphina und deutete auf ein besonders komplexes Muster. "Das könnte eine Art Karte sein." Lior beugte sich vor, um besser sehen zu können, und während er die Symbole studierte, fühlte er, wie sich seine Zweifel allmählich in Neugier verwandelten. Vielleicht war dies der Schlüssel zu den Antworten, nach denen er suchte. Vielleicht war die Dunkelheit nicht nur ein Ort der Angst, sondern auch ein Ort der Entdeckung.

Doch gerade als er sich auf die Symbole konzentrierte, ertönte ein lautes Krachen, das die Stille durchbrach. Lior sprang zurück, sein Herz raste. "Was war das?" fragte er panisch. Seraphina sah ihn an, ihre Augen weit aufgerissen. "Ich weiß es nicht, aber wir sollten vorsichtig sein."

In diesem Moment wurde Lior klar, dass die Dunkelheit nicht nur seine Ängste widerspiegelte, sondern auch die Herausforderungen, die vor ihnen lagen. Sie mussten sich nicht nur den Geheimnissen der Pyramiden stellen, sondern auch den physischen Gefahren, die in der Dunkelheit lauerten. Lior fühlte sich plötzlich von der Schwere der Situation überwältigt. "Was, wenn wir hier nicht lebend herauskommen?" dachte er. Doch dann erinnerte er sich an die Worte seines Vaters: "Die Suche nach Wissen ist der größte Mut, den man zeigen kann."

Er nahm einen tiefen Atemzug und wandte sich Seraphina zu. "Lass uns das gemeinsam angehen", sagte er, und in diesem Moment spürte er, wie sich eine Verbindung zwischen ihnen bildete. Die Dunkelheit war zwar bedrohlich, aber sie war auch der Beginn eines neuen Abenteuers. Zusammen würden sie die Geheimnisse der Pyramiden entschlüsseln, und vielleicht würden sie dabei auch die Geheimnisse ihrer eigenen Herzen entdecken.

3.3 Seraphinas Zweifel: Fragen, die nicht verstummen

Die Schatten der Kammer schienen sich um Seraphina zu winden, während sie tiefer in das unbekannte Reich vordrangen. Jeder Schritt hallte in der drückenden Stille wider, und die Wände schienen die Geheimnisse der Vergangenheit in einem stummen Atemzug zu bewahren. Ihre Hände zitterten leicht, als sie über die kühlen, glatten Oberflächen der antiken Inschriften strichen. Die Symbole, die sie einst mit Überzeugung als Manifestationen des Übernatürlichen gedeutet hatte, erschienen nun in einem anderen Licht – einem Licht, das von Zweifeln durchzogen war.

"Was, wenn wir uns irren?" flüsterte sie, mehr zu sich selbst als zu Lior, der einige Schritte vorausging. "Was, wenn diese Pyramiden nichts weiter sind als Monumente der menschlichen Hybris? Vielleicht sind sie nicht die Gefängnisse der Götter, sondern einfach nur Gräber." Die Worte verließen ihre Lippen wie ein leiser Schrei, der in der Dunkelheit verhallte.

Lior drehte sich um, seine Augen funkelten im schwachen Licht ihrer Taschenlampe. "Seraphina, du hast immer an das Übernatürliche geglaubt. Warum jetzt diese Zweifel?" Seine Stimme war sanft, aber fest, als würde er versuchen, sie aus einem tiefen Wasser zu ziehen, in das sie zu sinken drohte.

"Weil ich nicht mehr sicher bin, was ich glauben soll", antwortete sie und ließ ihren Blick über die Wände schweifen, die mit rätselhaften Zeichen bedeckt waren. "Jede Entdeckung, die wir gemacht haben, hat meine Theorien in Frage gestellt. Was, wenn es keine Götter gibt, die hier gefangen sind? Was, wenn die Wahrheit viel banaler ist?"

Seraphina fühlte, wie die Kälte der Kammer in ihre Knochen drang, nicht nur physisch, sondern auch emotional. Ihre Überzeugungen, die sie so lange gestützt hatten, begannen zu bröckeln wie die Steine um sie herum. Sie erinnerte sich an die leidenschaftlichen Debatten mit Lior, an die hitzigen Diskussionen, die oft in der Dämmerung der Wüste stattfanden. Damals war ihr Glaube stark gewesen, unerschütterlich. Doch jetzt, in dieser tiefen Dunkelheit, fühlte sie sich verloren.

"Ich habe immer geglaubt, dass die Pyramiden ein Tor zu einer anderen Welt sind", gestand sie, während sie einen Schritt näher an Lior trat. "Aber was, wenn es nur ein Tor zu unserer eigenen Ignoranz ist? Was, wenn wir die Antworten nicht finden, weil es nichts zu finden gibt?"

Ein kurzer Moment der Stille folgte, in dem nur das leise Tropfen von Wasser zu hören war, das irgendwo in der Dunkelheit fiel. Lior sah sie an, und in seinen Augen lag eine Mischung aus Verständnis und Mitgefühl. "Wir sind hier, um die Wahrheit zu suchen, Seraphina. Egal, wie schmerzhaft sie sein mag. Manchmal ist die Wahrheit beängstigender als jede Legende."

Seine Worte schnitten durch die Nebel ihrer Zweifel und ließen einen Funken Hoffnung aufblitzen. Doch der Gedanke, dass sie möglicherweise alles, was sie für wahr gehalten hatte, in Frage stellen musste, ließ sie frösteln. Sie hatte ihr ganzes Leben dem Glauben gewidmet, dass die Pyramiden mehr waren als nur Steine – dass sie die Geheimnisse der Götter bargen. Jetzt fühlte sich dieser Glaube wie ein zerbrechliches Glas an, das jederzeit zerspringen konnte.

"Was, wenn wir die Götter wecken, die wir fürchten?" fragte sie leise, und der Gedanke ließ sie innehalten. "Was, wenn wir die Grenzen überschreiten, die niemals überschritten werden sollten?"

Die Worte hingen schwer in der Luft, und Seraphina spürte, wie sich die Angst in ihrem Magen zusammenzog. Lior trat näher, und seine Hand fand ihren Arm, eine Geste der Unterstützung, die sie tief berührte. "Wir müssen bereit sein, die Konsequenzen zu tragen, egal was kommt. Aber wir können das nicht alleine tun. Wir müssen uns gegenseitig vertrauen."

In diesem Moment erkannte Seraphina, dass ihre Zweifel nicht das Ende ihrer Reise bedeuteten, sondern ein neuer Anfang. Vielleicht war es an der Zeit, ihre Überzeugungen zu hinterfragen, um eine tiefere Wahrheit zu finden. "Ich werde versuchen, offen zu sein", sagte sie schließlich, und ihre Stimme klang fester. "Aber ich kann nicht versprechen, dass es einfach wird."

"Das erwartet auch niemand von dir", erwiderte Lior mit einem aufmunternden Lächeln. "Aber wir werden es gemeinsam schaffen."

Als sie weiter in die Kammer vordrangen, blieb das Gefühl der Unsicherheit zurück, doch es war jetzt durchzogen von einem Hauch von Hoffnung. Seraphina wusste, dass die Antworten, die sie suchten, sie sowohl erschüttern als auch erleuchten könnten. Und während sie die Dunkelheit durchschritten, war sie sich sicher, dass dies erst der Anfang einer viel größeren Entdeckung war – einer, die nicht nur ihre Überzeugungen, sondern auch die Welt, wie sie sie kannten, verändern könnte.

4
Geister der Vergangenheit

4.1 Erinnerungen an Liors Vater: Schatten der Kindheit

Die sengende Sonne brannte erbarmungslos auf die Wüste von Heliopolis, während Lior Kemet in den schützenden Schatten einer uralten Pyramide trat. Der Sand knirschte unter seinen Füßen, und der Wind trug die Erinnerungen seiner Kindheit mit sich. Plötzlich war er nicht mehr der junge Archäologe, der nach Wahrheit suchte; er war ein kleiner Junge, der an der Hand seines Vaters durch die endlosen Weiten der Wüste lief.

"Siehst du, Lior? Diese Pyramiden sind nicht nur Steine. Sie sind die Schlüssel zu den Geheimnissen der Menschheit", hatte sein Vater oft gesagt, während sie zusammen die alten Ruinen erkundeten. Die Begeisterung in der Stimme des Vaters war ansteckend, und Lior hatte jedes Wort in sich aufgesogen, als wäre es ein kostbarer Schatz. Er erinnerte sich an die leuchtenden Augen seines Vaters, die im Sonnenlicht funkelten, und an die Geschichten von vergessenen Göttern und verlorenen Zivilisationen, die er ihm erzählt hatte.

Doch diese Erinnerungen waren von einem Schatten umgeben. Lior fühlte das Gewicht des Verlustes, das ihn wie ein schwerer Stein drückte. Sein Vater war in einem ähnlichen Abenteuer verschwunden, und die Fragen, die er damals hatte, waren nie beantwortet worden. Wo war er geblieben? Was war ihm zugestoßen? Diese Gedanken quälten Lior, während er in die Weite der Wüste blickte, die ihm gleichzeitig vertraut und fremd erschien.

Ein leiser Windstoß brachte den Duft von trockenem Sand und vergilbtem Papier mit sich. In diesem Moment wurde die Wüste lebendig, und Lior hörte die Stimmen der Vergangenheit, die ihn riefen. "Lior, komm zurück!", schien sein Vater zu flüstern, und für einen kurzen Augenblick glaubte er, die Wärme seiner Hand zu spüren. Doch als er sich umdrehte, war da nur die karge Landschaft, die ihn stumm anstarrte.

Die Schatten der Vergangenheit warfen lange Linien über seine gegenwärtigen Entscheidungen. Lior wusste, dass er nicht nur für sich selbst, sondern auch für seinen Vater suchte. Jede Entdeckung, die er machte, war ein Schritt näher an der Wahrheit, die er so verzweifelt brauchte. Die Pyramiden waren mehr als nur Monumente; sie waren ein Teil seines Erbes, ein Teil der Geschichte, die er entschlüsseln wollte.

Erinnerungen an die gemeinsamen Abende, an denen sie zusammen am Feuer saßen und die Sterne betrachteten, überfluteten ihn. "Die Sterne sind die Augen der Götter, Lior", hatte sein Vater gesagt. "Sie beobachten uns und warten darauf, dass wir ihre Geheimnisse entdecken." Diese Worte hallten in Liors Geist wider, während er sich daran erinnerte, wie er immer versucht hatte, die Konstellationen zu deuten, um die Geschichten der alten Ägypter zu verstehen.

Jetzt, als er vor den Pyramiden stand, spürte er den Druck der Erwartungen. Er war nicht nur ein Archäologe; er war der Sohn eines Mannes, der für seine Überzeugungen gekämpft hatte. Lior wollte die Geheimnisse der Pyramiden lüften, nicht nur um seinen eigenen Durst nach Wissen zu stillen, sondern auch um das Vermächtnis seines Vaters zu ehren. Die Wüste war ein Ort voller Geheimnisse, und Lior war entschlossen, sie zu entschlüsseln.

Doch je tiefer er in die Geheimnisse eintauchte, desto mehr spürte er die Angst, das gleiche Schicksal wie sein Vater zu erleiden. Was, wenn er niemals zurückkehrte? Was, wenn die Pyramiden ihn verschlangen, wie sie es mit seinem Vater getan hatten? Diese Gedanken nagten an ihm, während er den ersten Schritt in die Dunkelheit der Kammer wagte, die er entdeckt hatte. Der Geruch von Staub und altem Stein umhüllte ihn, und das Licht seiner Fackel tanzte über die Wände, die mit rätselhaften Symbolen bedeckt waren.

"Ich werde nicht aufgeben", murmelte Lior zu sich selbst, während er die Schatten hinter sich ließ. "Ich werde die Wahrheit finden, egal, was es kostet." Mit jedem Schritt, den er machte, spürte er die Verbindung zu seinem Vater stärker werden. Es war, als würde er ihn begleiten, ihn anfeuern, während er sich auf die Suche nach den Geheimnissen der Pyramiden begab. Und so trat Lior Kemet in die Dunkelheit ein, bereit, die Geheimnisse zu lüften, die sowohl sein Erbe als auch sein Schicksal bestimmen würden.

4.2 Die Vergangenheit beeinflusst die Gegenwart: Ein schweres Erbe

Die Dunkelheit der Kammer umhüllte Lior wie ein schwerer Mantel, der ihn an die Schatten seiner Vergangenheit erinnerte. In den Tiefen der Pyramide, wo die Luft drückend und die Stille erdrückend war, spürte er das Gewicht seiner Ängste. Die Wände schienen ihm zuzuhören, als ob sie die Geheimnisse seiner Seele kannten. In diesem Moment wurde ihm klar, dass die Pyramiden nicht nur physische Strukturen waren; sie waren Spiegel seiner inneren Kämpfe.

Jede Ecke der Kammer war mit Erinnerungen an seinen Vater gefüllt, der in ähnlichen Abenteuern verloren gegangen war. Liors Herz zog sich zusammen, als er an die Geschichten dachte, die seine Mutter ihm erzählt hatte – Geschichten von einem mutigen Mann, der in die Dunkelheit der alten Ruinen eingetaucht war, um Wissen zu erlangen, aber nie zurückgekehrt war. Diese Gedanken nagten an ihm, während er versuchte, sich auf die vor ihm liegenden Rätsel zu konzentrieren. Die Furcht, das gleiche Schicksal zu erleiden, war wie ein Schatten, der ihn verfolgte, und sie beeinflusste jede Entscheidung, die er traf.

"Was, wenn ich auch verschwinde? Was, wenn ich nicht mehr zurückkomme?" Diese Fragen schwirrten in seinem Kopf, während er die geheimnisvollen Symbole an den Wänden betrachtete. Sie schienen ihm zuzuzwinkern, als ob sie seine tiefsten Ängste kannten. Er wusste, dass er sich diesen Ängsten stellen musste, um die Geheimnisse der Pyramiden zu entschlüsseln. Doch die Ungewissheit nagte an ihm, und er fühlte sich wie ein Gefangener seiner eigenen Gedanken.

Seraphina, die hinter ihm stand, bemerkte seine innere Zerrissenheit. "Lior, was ist los? Du bist so still", fragte sie, ihre Stimme klang besorgt. Er drehte sich um und sah in ihre grünen Augen, die vor Neugierde und Mitgefühl funkelten. In diesem Moment fühlte er sich verwundbar, als ob er sein Herz auf dem Tisch ausbreiten würde. "Ich habe Angst, Seraphina. Angst, das gleiche Schicksal wie mein Vater zu erleiden", gestand er, und die Worte schienen wie ein Befreiungsschlag aus seiner Brust zu strömen.

Seraphina trat näher, ihre Präsenz war beruhigend. "Wir sind hier zusammen, Lior. Du bist nicht allein in dieser Dunkelheit", sagte sie und legte eine Hand auf seine Schulter. Ihre Berührung war warm und tröstlich, und für einen kurzen Moment fühlte er sich sicher. Doch die Realität holte ihn schnell wieder ein. "Aber was, wenn ich nicht stark genug bin? Was, wenn ich die Antworten nicht finde?"

Die Worte blieben in der Luft hängen, und Seraphina sah ihn eindringlich an. "Du bist stärker, als du denkst. Deine Obsession für die Pyramiden ist nicht nur eine Schwäche, sondern auch deine größte Stärke. Du musst lernen, deine Ängste zu akzeptieren und sie als Teil deiner Reise zu sehen." Ihre Stimme war fest, und Lior spürte, wie ihre Überzeugung ihn anspornte.

Doch während er ihren Worten lauschte, kam die Erinnerung an seinen Vater zurück – der Mann, der einst voller Hoffnung und Entschlossenheit war, aber schließlich in der Dunkelheit verloren ging. Lior konnte die Vorstellung nicht abschütteln, dass er in die Fußstapfen seines Vaters treten könnte, und diese Angst war lähmend. "Ich kann nicht scheitern, Seraphina. Ich kann nicht das gleiche Schicksal erleiden", murmelte er, während er die Wände der Kammer berührte, als suchte er nach einer Antwort.

Die düstere Atmosphäre der Kammer verstärkte seine innere Zerrissenheit. Die Symbole um ihn herum schienen zu flüstern, und er fühlte sich, als ob die Pyramiden selbst ihn beobachteten. In diesem Moment wurde ihm klar, dass die Geheimnisse, die er suchte, nicht nur die der Pyramiden waren, sondern auch die seiner eigenen Identität. "Ich muss es herausfinden", flüsterte er entschlossen, und ein Funke des Mutes flammte in ihm auf.

"Ja, du musst", antwortete Seraphina, und ihre Stimme war voller Entschlossenheit. "Gemeinsam werden wir die Wahrheit finden, egal wie dunkel der Weg auch sein mag." Ihre Worte gaben ihm neuen Mut, und während sie tiefer in die Kammer vordrangen, spürte Lior, dass er bereit war, die Risiken einzugehen. Die Vergangenheit mochte ihn verfolgen, aber die Zukunft lag in seinen Händen.

4.3 Ein unerwarteter Verbündeter: Hilfe aus der Dunkelheit

Als Lior und Seraphina weiter in die Kammer vordringen, umhüllt sie eine Dunkelheit, die so dicht ist, dass sie die Geheimnisse der Pyramiden zu verschlingen scheint. Der schwache Lichtstrahl ihrer Taschenlampen wirft flackernde Schatten an die Wände, die mit rätselhaften Hieroglyphen bedeckt sind. Plötzlich durchbricht ein leises Geräusch die Stille – ein Knacken, gefolgt von einem gedämpften Flüstern. Beide halten inne, ihre Herzen schlagen schneller, während sie sich anblicken. Wer oder was könnte sich hier in den Tiefen der Pyramide verbergen?

In diesem Augenblick tritt eine Gestalt aus dem Schatten hervor. Es ist ein älterer Mann, dessen Gesicht von tiefen Falten durchzogen ist, die Geschichten von Jahren voller Entdeckungen erzählen. Seine Augen funkeln vor Wissen und Erfahrung, und er trägt eine abgewetzte Lederjacke, die von der Zeit gezeichnet ist. "Ich habe auf euch gewartet", sagt er mit einer Stimme, die sowohl beruhigend als auch eindringlich klingt. "Mein Name ist Amari, und ich bin hier, um euch zu helfen."

Lior und Seraphina sind überrascht, aber auch neugierig. Amari erklärt, dass er ein ehemaliger Archäologe ist, der in den letzten Jahrzehnten in der Nähe der Pyramiden gelebt hat. Er hat viele Geheimnisse über die alten Strukturen gesammelt, die die beiden jungen Forscher nicht einmal erahnen können. "Die Pyramiden sind nicht nur Grabstätten oder Gefängnisse", sagt er. "Sie sind lebendige Archive des Wissens, und sie verlangen Respekt und Verständnis."

Seraphina, die anfangs skeptisch ist, kann sich Amaris Leidenschaft nicht entziehen. Sie fragt ihn nach den Rätseln, die sie bisher entdeckt haben, und Amari beginnt, die Hieroglyphen an der Wand zu deuten. "Diese Symbole erzählen von einem alten Fluch, der über die Pyramiden gelegt wurde, um diejenigen zu schützen, die die Wahrheit suchen", erklärt er. "Aber sie bieten auch einen Weg zur Erlösung, wenn man bereit ist, die Herausforderungen anzunehmen."

Während Amari spricht, bemerkt Lior, wie sich die Dynamik zwischen ihm und Seraphina verändert. Die Rivalität, die sie bisher geteilt haben, scheint zu verblassen, während sie gemeinsam an einem Strang ziehen. Es ist, als ob die Anwesenheit dieses neuen Verbündeten sie dazu bringt, ihre Differenzen beiseite zu schieben und sich auf das gemeinsame Ziel zu konzentrieren: die Geheimnisse der Pyramiden zu entschlüsseln.

"Wir müssen uns beeilen", sagt Amari plötzlich und schaut besorgt zur Kammeröffnung. "Thaddeus Drakon ist nicht weit entfernt. Er wird alles tun, um die Macht, die hier verborgen ist, für sich zu beanspruchen." Die Worte des alten Mannes hallen in Liors Kopf wider. Die Bedrohung durch Drakon wird greifbar, und die Dringlichkeit ihrer Mission wird ihnen klar. Sie sind nicht nur auf der Suche nach Wissen; sie müssen auch gegen die Dunkelheit kämpfen, die sich um sie herum zusammenbraut.

Mit Amari an ihrer Seite fühlen sich Lior und Seraphina gestärkt. Sie wissen, dass sie nicht allein sind in ihrem Streben nach Wahrheit. Amari führt sie zu einem weiteren Teil der Kammer, wo er ein verborgenes Artefakt entdeckt – einen Schlüssel, der möglicherweise die Antworten auf ihre Fragen enthält. "Dieser Schlüssel öffnet nicht nur Türen, sondern auch die Tore zu eurem Schicksal", sagt er geheimnisvoll.

In diesem Moment spüren Lior und Seraphina eine Welle der Hoffnung. Sie sind bereit, sich den Herausforderungen zu stellen, die vor ihnen liegen, und die Geheimnisse der Pyramiden zu lüften. Gemeinsam mit Amari sind sie entschlossen, die Wahrheit zu finden, egal, welche Gefahren auf sie warten. Die Dunkelheit, die sie umgibt, wird nicht länger eine Quelle der Angst sein, sondern ein Raum für Entdeckung und Erkenntnis.

Als sie sich auf den Weg machen, um die Rätsel zu lösen, die vor ihnen liegen, spüren sie, dass dies erst der Anfang eines viel größeren Abenteuers ist. Mit jedem Schritt, den sie in die unbekannte Dunkelheit setzen, wächst ihr Vertrauen ineinander und die Überzeugung, dass sie zusammen alles erreichen können. Die Pyramiden, einst ein Symbol des Unbekannten, beginnen sich in etwas Vertrautes zu verwandeln – ein Ort, an dem sie nicht nur ihre Vergangenheit, sondern auch ihre Zukunft gestalten können.

5
Der skrupellose Antiquitätenhändler

5.1 Thaddeus Drakon: Ein Meister der Intrigen

Unbarmherzig brannte die sengende Sonne auf die Wüste von Heliopolis, während Thaddeus Drakon, ein Mann von imposanter Statur und kaltem Blick, durch die schattigen Gassen der Stadt schritt. Seine Schritte waren leise, fast wie das Flüstern eines Geistes, und dennoch war er sich der Macht bewusst, die in ihm wohnte. Drakon war nicht bloß ein Antiquitätenhändler; er war ein Meister der Intrigen, ein Mann, der bereit war, alles zu tun, um die Geheimnisse der Pyramiden für seinen eigenen Vorteil zu nutzen.

Sein Gesicht war von einer maskenhaften Ruhe geprägt, die die wenigen, die ihm begegneten, in Angst und Schrecken versetzte. Er wusste, dass seine Präsenz eine neue Dimension der Bedrohung in die Geschichte brachte, die sich um die alten Monumente drehte. Hinter den stechenden blauen Augen verbarg sich eine Gier, die selbst die dunkelsten Geheimnisse der Vergangenheit nicht abschrecken konnten. Drakon war fest entschlossen, die Macht, die in den Pyramiden verborgen lag, in seine Hände zu bekommen.

Die Geschichten über die Pyramiden waren für ihn mehr als nur Legenden; sie waren Schlüssel zu unermesslichem Reichtum und Einfluss. Er hatte von den Gerüchten gehört, die Lior Kemet und Seraphina Almaso umgaben, und er wusste, dass ihre Suche nach Wahrheit und Wissen ihn direkt bedrohte. In seinen Augen waren sie nichts weiter als naive Kinder, die mit Kräften spielten, die sie nicht vollständig begreifen konnten. Ihre Obsessionen waren für ihn Werkzeuge, die er manipulieren konnte, um seine eigenen Ziele zu erreichen.

Drakon hatte seine eigenen Quellen, die ihm Informationen über die geheimen Eingänge und verborgenen Kammern der Pyramiden lieferten. Während er durch die staubigen Straßen schlenderte, plante er bereits seinen nächsten Schritt. Ein geheimer Zugang war entdeckt worden, und er wusste, dass er schnell handeln musste, um die Kontrolle zu übernehmen, bevor Lior und Seraphina ihm zuvor kamen. Der Gedanke daran, dass jemand anderes die Geheimnisse der Pyramiden lüften könnte, erfüllte ihn mit einer Wut, die er nur schwer zügeln konnte.

In einem kleinen, schummrigen Café, das von der Wüste umgeben war, setzte sich Drakon an einen Tisch in der Ecke. Die Luft war heiß und schwer, und der Geruch von Gewürzen mischte sich mit dem Staub der Straße. Hier wartete er auf einen Informanten, einen Mann, der ihm wichtige Informationen über die beiden Rivalen bringen sollte. Er hatte keine Geduld für Spielchen; er wollte Antworten, und zwar sofort.

Als sein Informant schließlich eintraf, war es offensichtlich, dass er nervös war. Drakon musterte ihn mit einem durchdringenden Blick, der ihn zum Schweigen brachte. "Was hast du für mich?" fragte er mit einer Stimme, die so kalt war wie der Wind, der über die Wüste fegte. Der Mann zitterte, als er die Informationen preisgab, und Drakon hörte aufmerksam zu. Es stellte sich heraus, dass Lior und Seraphina auf der Spur eines geheimen Hinweises waren, der sie tiefer in die Geheimnisse der Pyramiden führen könnte.

"Sie sind gefährlicher, als ich dachte", murmelte Drakon, während er über die Möglichkeiten nachdachte. Ihre Entdeckungen könnten ihm alles nehmen, was er sich aufgebaut hatte. Er musste sie aufhalten, bevor sie die Wahrheit ans Licht brachten. Ein Plan formte sich in seinem Kopf, ein perfider Plan, der sie in eine Falle locken würde. Drakon war ein Meister der Manipulation, und er wusste, dass er die beiden Rivalen gegeneinander ausspielen konnte.

"Es ist Zeit, die Karten neu zu mischen", sagte er leise, als er aufstand und das Café verließ. Die Hitze der Wüste umhüllte ihn wie ein Mantel, und er fühlte sich lebendig, als er an die Herausforderungen dachte, die vor ihm lagen. Lior und Seraphina mochten nach Wahrheit streben, aber Drakon strebte nach Macht. Und in der Wüste, wo die Geheimnisse der Pyramiden schlummerten, war er bereit, alles zu riskieren, um zu gewinnen.

Die Schatten der Pyramiden schienen ihn zu beobachten, während er durch die Straßen von Heliopolis ging. Drakon wusste, dass die Wüste nicht nur ein Ort der Geheimnisse war, sondern auch ein Ort der Gefahren. Und er war bereit, diese Gefahren zu nutzen, um seine Ziele zu erreichen. Die Konfrontation zwischen ihm und den beiden Archäologen war unvermeidlich, und die düstere Atmosphäre der Wüste verstärkte die Spannung, die in der Luft lag. Der Wettlauf um die Macht hatte begonnen, und Drakon war fest entschlossen, als Sieger hervorzugehen.

5.2 Die Bedrohung durch Drakon: Ein Wettlauf gegen die Zeit

Unerbittlich brannte die Sonne auf die Wüste von Heliopolis, während Lior und Seraphina in der kargen Landschaft standen, umgeben von den majestätischen Pyramiden, die wie stille Wächter über die Geheimnisse der Vergangenheit wachten. Heute jedoch lag eine andere Atmosphäre in der Luft. Ein Gefühl der Dringlichkeit umhüllte sie, als sie erkannten, dass die Zeit gegen sie arbeitete. Thaddeus Drakon, der skrupellose Antiquitätenhändler, hatte von Liors Entdeckung erfahren und war fest entschlossen, die Macht, die in den Pyramiden verborgen war, für sich zu beanspruchen.

"Wir müssen schnell handeln", sagte Lior, seine Stimme klang fest, doch in seinen Augen blitzte Unsicherheit. "Wenn Drakon uns findet, bevor wir die Geheimnisse entschlüsseln, könnte alles verloren sein." Seraphina nickte, ihre grünen Augen funkelten vor Entschlossenheit. "Er wird nicht aufhören, bis er bekommt, was er will. Wir müssen strategisch denken und zusammenarbeiten, auch wenn es uns schwerfällt."

Die Rivalität zwischen ihnen war nie weit entfernt gewesen, doch jetzt, angesichts dieser neuen Bedrohung, schien sie bedeutungslos. In den letzten Tagen hatten sie sich gegenseitig herausgefordert, ihre Theorien über die Pyramiden diskutiert und sich in hitzigen Debatten gefangen. Doch die Realität, dass sie in einem Wettlauf gegen die Zeit waren, ließ keinen Raum mehr für persönliche Differenzen. Lior spürte, wie sich eine seltsame Verbundenheit zwischen ihnen bildete, während sie gemeinsam an einem Strang zogen.

"Wir sollten uns aufteilen", schlug Seraphina vor. "Ich kann die alten Schriften durchsuchen, während du die Kammer weiter erkundest. Vielleicht finden wir Hinweise, die uns helfen, Drakon zuvorzukommen." Lior zögerte. Die Vorstellung, sie allein zu lassen, bereitete ihm Unbehagen. "Bist du sicher? Es könnte gefährlich sein."

"Wir haben keine Wahl", erwiderte sie, und ihre Stimme war fest. "Wenn wir ihn aufhalten wollen, müssen wir unsere Ressourcen nutzen. Du bist nicht allein, Lior. Ich werde in der Nähe bleiben und jederzeit bereit sein, dir zu helfen."

Ein kurzer Moment des Schweigens folgte, in dem beide die Schwere der Situation spürten. Die Pyramiden schienen sie herauszufordern, als ob sie die Geheimnisse, die sie bargen, nur denjenigen offenbaren würden, die bereit waren, für das Wissen zu kämpfen. Lior atmete tief ein und nickte schließlich. "In Ordnung. Lass uns das tun."

Mit einem letzten Blick auf Seraphina wandte sich Lior der Dunkelheit der Kammer zu. Das Licht hinter ihm verblasste, und er trat in die Schatten, wo die Geheimnisse der Pyramiden darauf warteten, entdeckt zu werden. Die Kühle der unterirdischen Kammer umhüllte ihn, und ein Schauer lief ihm über den Rücken. Er wusste, dass er nicht nur gegen die Zeit kämpfte, sondern auch gegen die dunklen Mächte, die Drakon zu entfesseln versuchte.

Währenddessen blätterte Seraphina hastig durch die alten Schriften, die sie gefunden hatten. Ihre Finger glitten über die vergilbten Seiten, und sie suchte nach einem Hinweis, der ihnen einen Vorteil verschaffen könnte. Plötzlich stieß sie auf ein Symbol, das ihr bekannt vorkam – es war das gleiche, das sie in ihren Träumen gesehen hatte, ein Zeichen, das mit der Macht der Götter verbunden war. Ihr Herz schlug schneller, als sie die Bedeutung erkannte. "Lior! Komm schnell!" rief sie, und ihre Stimme hallte durch die Kammer.

Lior eilte zurück zu ihr, seine Gedanken wirbelten. "Was hast du gefunden?" fragte er, während er sich über die Seite beugte. Seraphina deutete auf das Symbol. "Das hier könnte der Schlüssel sein. Wenn wir es richtig deuten, könnten wir herausfinden, wie wir Drakon aufhalten können."

Doch in diesem Moment hörten sie ein Geräusch, das ihre Herzen in die Höhe schnellen ließ – das Knarren von Schritten, die sich der Kammer näherten. "Er ist hier", flüsterte Lior, und die Panik stieg in ihm auf. "Wir müssen uns verstecken!"

Die beiden schlüpften hinter eine große Statue, die im Schatten stand, und hielten den Atem an. Die Tür öffnete sich langsam, und Drakon trat ein, seine Augen suchten den Raum ab. "Wo seid ihr?" rief er, seine Stimme war kalt und durchdringend. "Ich weiß, dass ihr hier seid."

Die Dringlichkeit der Situation war greifbar. Lior und Seraphina mussten nicht nur die Geheimnisse der Pyramiden schützen, sondern auch ihr eigenes Leben. In diesem Wettlauf gegen die Zeit wurde klar, dass sie sich aufeinander verlassen mussten, um die Bedrohung durch Drakon zu überstehen. Die Schatten der Vergangenheit und die Dunkelheit der Gegenwart vereinten sich in einem gefährlichen Spiel, das das Schicksal aller beeinflussen könnte.

5.3 Der Countdown beginnt: Wer wird die Macht erlangen?

Als die Sonne am Horizont versank, tauchte ihr blutrotes Licht die Wüste in ein gespenstisches Glühen, während Lior und Seraphina vor dem geheimen Eingang standen, den sie entdeckt hatten. Ihre Herzen schlugen im Takt der drängenden Zeit, die wie ein unsichtbarer Schatten über ihnen schwebte. Thaddeus Drakon war nicht weit entfernt, und die Gewissheit, dass er ihre Entdeckung kannte, ließ eine Kälte in Liors Magen aufsteigen.

"Wir müssen sofort handeln", sagte Seraphina, ihre Stimme fest, doch in ihren Augen blitzte eine Mischung aus Angst und Entschlossenheit. "Wenn Drakon die Geheimnisse der Pyramiden in seine Hände bekommt, könnte das katastrophale Folgen haben."

Lior nickte, doch in seinem Inneren tobte ein Sturm. Erinnerungen an seinen Vater, der in einem ähnlichen Abenteuer verschwunden war, schienen ihn zu verfolgen. Was, wenn auch er in die Fänge von Drakon geriet? Schwäche konnte er sich nicht erlauben. "Wir müssen die Kammer betreten und die Antworten finden, bevor es zu spät ist", antwortete er, während er die Hand auf den kühlen Stein des Eingangs legte. Die Energie, die von der Pyramide ausging, war fast greifbar, und es schien, als ob die Steine selbst flüsterten, um sie zu warnen.

Gemeinsam traten sie in die Dunkelheit der Kammer ein, die von einem geheimnisvollen Licht erhellt wurde, das aus den Wänden zu strömen schien. Alte Schriftzeichen und Symbole zogen sich über die Wände, und Lior spürte, wie seine Neugierde ihn weiter in die Tiefe der Kammer zog. Doch gleichzeitig nagte die Angst an ihm. Was, wenn sie nicht nur die Geheimnisse der Pyramiden entdeckten, sondern auch die uralten Götter, die in diesen Mauern gefangen waren?

"Was, wenn wir die Götter erwecken?", fragte Seraphina, als sie neben ihm stand und die Schriftzeichen betrachtete. "Was, wenn wir etwas entfesseln, das wir nicht kontrollieren können?"

"Wir müssen es versuchen", erwiderte Lior und fühlte sich von einer inneren Kraft geleitet. "Wir sind die Einzigen, die die Wahrheit herausfinden können. Wenn wir es nicht tun, wird Drakon es tun, und dann wird alles verloren sein."

Die Worte hallten in der Stille der Kammer wider, und für einen Moment schien die Zeit stillzustehen. Sie wussten, dass sie nicht nur gegen Drakon kämpften, sondern auch gegen die dunklen Mächte, die in den Pyramiden schlummerten. Lior und Seraphina waren sich einig: Sie mussten zusammenarbeiten, um die Geheimnisse zu bewahren und die Macht, die in diesen alten Mauern verborgen war, zu schützen.

Doch während sie tiefer in die Kammer vordrangen, spürten sie die Präsenz von Drakon, der unbarmherzig und entschlossen war. Seine Gier nach Macht war wie ein Schatten, der über ihnen schwebte und drohte, sie zu verschlingen. Lior konnte sich nicht vorstellen, was passieren würde, wenn Drakon die Kontrolle über die Pyramiden erlangte. Die Vorstellung ließ ihn frösteln.

"Wir müssen einen Plan schmieden", sagte Seraphina und wandte sich ihm zu. "Wir können nicht zulassen, dass er uns zuvor kommt. Wir müssen die Geheimnisse entschlüsseln und die Pyramiden schützen."

"Ja", stimmte Lior zu, während er sich auf die alten Schriften konzentrierte, die die Wände zierten. "Hier muss es Hinweise geben, die uns helfen können. Wir müssen schnell sein."

Die beiden arbeiteten hastig zusammen, während die Zeit gegen sie lief. Die Dunkelheit der Kammer schien sich um sie zu verdichten, als sie die Rätsel entschlüsselten, die in den alten Symbolen verborgen waren. Doch je näher sie der Wahrheit kamen, desto mehr spürten sie die drohende Gefahr, die von Drakon ausging. Der Countdown hatte begonnen, und jeder Moment zählte.

Ein unheilvolles Gefühl breitete sich in Lior aus, als er den letzten Hinweis entdeckte. "Seraphina, ich glaube, ich habe etwas gefunden!", rief er und deutete auf die Wand. Doch in diesem Moment hörten sie ein Geräusch, das wie das Knacken von Stein klang, und die Dunkelheit schien lebendig zu werden. "Wir müssen jetzt gehen!", rief Seraphina, und die beiden rannten, so schnell sie konnten, aus der Kammer, während die Schatten hinter ihnen lauernd folgten.

Der Wettlauf gegen die Zeit hatte begonnen, und die Fragen, die sie sich stellten, hallten in ihren Köpfen wider: Würden sie es schaffen, die Geheimnisse der Pyramiden zu bewahren? Und was würde geschehen, wenn Drakon sie einholte? Die Ungewissheit lastete schwer auf ihren Schultern, während sie in die Nacht hinausstürmten, bereit, alles zu riskieren, um die Wahrheit zu schützen.

6
Geheimnisse der unterirdischen Kammer

6.2 Alte Schriften: Botschaften aus einer anderen Zeit

Ein geheimnisvolles Licht durchflutete die Kammer und ließ die Wände in sanften, goldenen Tönen erstrahlen. Gebannt standen Lior und Seraphina vor den alten Schriften, die auf einem steinernen Altar ausgebreitet lagen. Die Schriftzeichen schienen zu pulsieren, als ob sie lebendig wären, und eine Aura des Wissens umgab sie. Als Lior mit zitternden Fingern die ersten Zeichen berührte, durchfuhr ihn ein Schauer. Diese Schriften waren mehr als nur Worte; sie waren Botschaften aus einer anderen Zeit, gefüllt mit Geheimnissen, die darauf warteten, entschlüsselt zu werden.

"Was, wenn diese Schriften tatsächlich die Antworten enthalten, nach denen wir suchen?" flüsterte Lior, seine Stimme kaum mehr als ein Hauch. Seraphina trat näher, ihre Augen funkelten vor Aufregung und Skepsis zugleich. "Aber was, wenn sie uns in die Irre führen? Was, wenn sie nur Mythen sind, die von Generation zu Generation weitergegeben wurden?" Ihre Zweifel waren spürbar, doch Lior konnte die Neugier nicht ablegen, die ihn antrieb. Er war fest entschlossen, die Wahrheit hinter den Pyramiden zu entdecken, egal, welche Hindernisse ihm im Weg standen.

Die Schriften enthüllten nicht nur historische Fakten, sondern auch mystische Elemente, die die Grenzen zwischen Wissen und Glauben verwischten. Sie berichteten von uralten Göttern, die in den Pyramiden gefangen gehalten wurden, und von Ritualen, die einst durchgeführt wurden, um ihre Macht zu bändigen. Lior konnte nicht anders, als an die Geschichten zu denken, die er als Kind gehört hatte, Geschichten, die von seinem Vater erzählt wurden, der in der gleichen Wüste nach Antworten gesucht hatte. Diese Erinnerungen waren sowohl eine Quelle der Inspiration als auch des Schmerzes, denn sie erinnerten ihn an den Verlust, den er erlitten hatte.

"Lior, schau dir das an!" rief Seraphina und deutete auf ein besonders elaboriertes Symbol, das in die Wand eingraviert war. "Das könnte der Schlüssel zu dem sein, was wir suchen!" Ihre Begeisterung war ansteckend, und Lior fühlte, wie seine eigenen Zweifel zu schwinden begannen. Doch gleichzeitig nagte eine leise Stimme in seinem Kopf an ihm: Was, wenn sie die falschen Schlussfolgerungen zogen? Was, wenn die Schriften sie in eine Falle führten?

Die beiden Archäologen begannen, die Zeichen zu entschlüsseln, und während sie dies taten, wurden sie in die Komplexität der alten Zivilisationen eingeführt. Die Schriften berichteten von einer Zeit, in der die Menschen die Götter verehrten und in ständiger Furcht vor ihrer Macht lebten. Lior konnte die Parallelen zur heutigen Welt nicht ignorieren; die Menschen suchten immer noch nach Antworten, nach etwas Größerem als sich selbst. Diese Erkenntnis vertiefte seine Überzeugung, dass die Pyramiden mehr waren als nur Monumente – sie waren lebendige Zeugen einer vergessenen Geschichte.

"Wenn das alles wahr ist, was bedeutet das für uns?" fragte Seraphina, ihre Stimme zitterte vor Aufregung und Angst. "Könnte es sein, dass wir nicht nur die Vergangenheit erforschen, sondern auch die Zukunft beeinflussen?" Lior nickte, seine Gedanken rasten. Die Schriften forderten sie heraus, ihre eigenen Überzeugungen zu hinterfragen. Was, wenn die Götter tatsächlich existierten und ihre Rückkehr bevorstand? Und was, wenn sie die Macht hatten, die Welt zu verändern?

"Wir müssen vorsichtig sein," murmelte Lior, während er über die Schriften nachdachte. "Wir wissen nicht, welche Kräfte wir entfesseln könnten." Die Worte hallten in seinem Kopf wider, und er spürte, wie die Schwere der Verantwortung auf seinen Schultern lastete. Die Vergangenheit war nicht nur eine Ansammlung von Geschichten; sie war lebendig und drängte darauf, entdeckt zu werden. Und in diesem Moment wurde ihm klar, dass ihre Entdeckungen weitreichende Folgen haben könnten, nicht nur für sie selbst, sondern für die gesamte Menschheit.

Die Spannung zwischen ihnen wuchs, als sie die Bedeutung der Schriften begriffen. Lior und Seraphina waren nicht nur Rivalen, sondern auch Verbündete in einem Wettlauf gegen die Zeit. Ihre unterschiedlichen Überzeugungen könnten sie entweder auseinanderreißen oder sie näher zusammenbringen. In der Dunkelheit der Kammer, umgeben von den Geheimnissen der Vergangenheit, standen sie an der Schwelle zu einer neuen Realität, die alles verändern könnte.

"Lass uns herausfinden, was diese Schriften wirklich bedeuten," sagte Lior schließlich, seine Stimme fest entschlossen. Seraphina nickte, und in diesem Moment war ihnen beiden klar, dass sie gemeinsam einen Weg finden mussten, um die Geheimnisse der Pyramiden zu entschlüsseln. Die Vergangenheit hatte sie zusammengeführt, und die Zukunft hing von ihren Entscheidungen ab.

6.3 Seraphinas Theorie: Glaube oder Wissenschaft?

Die dichte, drückende Luft der unterirdischen Kammer umhüllte Seraphina, während sie vor den rätselhaften Inschriften stand, die majestätisch an den Wänden prangten. Ihr Herz pochte unruhig, als sie die alten Symbole betrachtete, die von einer Ära berichteten, in der Götter und Menschen noch in unmittelbarem Austausch standen. Doch je intensiver sie über die Pyramiden nachdachte, desto mehr begannen ihre Überzeugungen zu wanken. Hatte sie sich in ihrer Theorie, dass die Pyramiden Gefängnisse für Götter seien, geirrt? Die Entdeckungen, die sie zusammen mit Lior gemacht hatte, schienen eine andere Geschichte zu erzählen.

Seraphina fühlte sich hin- und hergerissen zwischen ihrem Glauben an das Übernatürliche und den wissenschaftlichen Beweisen, die sie in den Schriften fand. Sie erinnerte sich an die leidenschaftlichen Diskussionen mit Lior, der stets darauf bestand, dass die Pyramiden nichts anderes als monumentale Grabstätten waren, die die Geschichte der Menschheit bewahrten. "Aber was, wenn sie mehr sind?", hatte sie oft gefragt. "Was, wenn sie die Schlüssel zu einer Macht sind, die wir nicht verstehen?" Doch jetzt, in diesem Moment der Einsicht, stellte sie fest, dass die Wahrheit möglicherweise viel komplexer war als alles, was sie sich je vorgestellt hatte.

Ein leises Flüstern schien durch die Kammer zu wehen, als ob die Wände selbst ihre Gedanken hörten. Seraphina schloss die Augen und ließ sich von der Atmosphäre umhüllen. Erinnerungen an ihre Kindheit stiegen in ihr auf, an die Geschichten, die ihre Großmutter ihr erzählt hatte – Geschichten über Götter, die in den Pyramiden gefangen waren, und über Helden, die versuchten, sie zu befreien. Diese Mythen hatten ihre Faszination für die alten Zivilisationen geweckt, doch nun schien es, als würde sie diese Mythen hinterfragen müssen. Was, wenn die Götter tatsächlich in diesen Monumenten gefangen waren? Und was bedeutete das für die Menschheit?

Als sie wieder die Augen öffnete, sah sie Lior, der in der Nähe stand und die Schriften studierte. Sein Gesicht war von Entschlossenheit geprägt, und sie konnte die Leidenschaft in seinen Augen sehen. "Seraphina", sagte er, ohne den Blick von den Inschriften abzuwenden, "was, wenn die Pyramiden nicht nur Gräber sind, sondern auch ein Schutzschild gegen etwas Böses? Etwas, das wir nicht verstehen können?"

Diese Frage traf sie wie ein Blitz. Hatte sie wirklich nur die Oberfläche der Wahrheit gekratzt? Ihre Überzeugungen, die sie so fest verteidigt hatte, begannen zu bröckeln. "Vielleicht", murmelte sie, "vielleicht sind sie tatsächlich Gefängnisse, aber nicht für Götter, sondern für etwas viel Dunkleres." Der Gedanke ließ sie frösteln. Sie wusste, dass die Entdeckungen, die sie gemacht hatten, weitreichende Konsequenzen haben könnten, nicht nur für sie, sondern für die gesamte Menschheit.

In diesem Moment spürte Seraphina, wie sich ihre Sichtweise veränderte. Sie wollte glauben, dass die Götter, die sie immer als Gefangene betrachtet hatte, vielleicht die Schlüssel zu einem größeren Verständnis waren. Aber wie konnte sie das glauben, wenn die Wissenschaft ihr etwas ganz anderes sagte? Die Kluft zwischen Glauben und Wissen schien unüberwindbar, und sie fragte sich, ob es einen Weg gab, beide miteinander zu verbinden.

"Lior", begann sie zögernd, "was, wenn wir nicht nur nach Antworten suchen, sondern auch nach dem Gleichgewicht zwischen dem, was wir wissen, und dem, was wir glauben? Vielleicht ist das der Schlüssel zu den Geheimnissen der Pyramiden."

Er drehte sich zu ihr um, und in seinen Augen lag ein Funken des Verständnisses. "Das könnte es sein", antwortete er nachdenklich. "Wir müssen bereit sein, unsere Überzeugungen zu hinterfragen, um die Wahrheit zu finden."

Seraphina nickte, während ein Gefühl der Unsicherheit in ihr aufstieg. Sie wussten, dass sie sich auf eine gefährliche Reise begaben, und die kommenden Enthüllungen könnten alles verändern, was sie über die Pyramiden und sich selbst glaubten. Doch trotz der Zweifel, die sie quälten, spürte sie auch eine wachsende Entschlossenheit. Gemeinsam würden sie die Geheimnisse der Pyramiden entschlüsseln, egal, wohin sie sie führen würden.

Mit einem letzten Blick auf die Inschriften atmete Seraphina tief ein. Es war Zeit, die Dunkelheit zu betreten und sich den Herausforderungen zu stellen, die vor ihnen lagen. Die Pyramiden hatten noch viele Geheimnisse zu offenbaren, und sie waren bereit, die Wahrheit zu suchen, auch wenn sie bedeutete, ihre eigenen Überzeugungen in Frage zu stellen.

7
Die uralten Götter erwachen

7.1 Enthüllungen über die Götter: Macht und Mythos

Ein geheimnisvolles Licht durchdrang die unterirdische Kammer, schimmernd durch die Ritzen in den Wänden und tauchte den Raum in eine fast magische Atmosphäre. Lior und Seraphina standen am Eingang, ihre Herzen schlugen im Einklang mit der pulsierenden Energie, die sie umgab. In dieser Dunkelheit waren die Geheimnisse der Pyramiden greifbar, und die Luft war schwer von der Geschichte, die sie umhüllte. Lior trat vor, überwältigt von seiner Neugier, während Seraphina hinter ihm verweilte, unsicher und nachdenklich.

"Denkst du, wir sind bereit für das, was wir finden werden?" fragte Seraphina, ihre Stimme kaum mehr als ein Flüstern. Sie spürte, dass die Enthüllungen, die auf sie warteten, nicht nur ihr Verständnis der Pyramiden, sondern auch ihr ganzes Leben verändern könnten.

Lior nickte, obwohl auch er von einer Welle der Unsicherheit erfasst wurde. "Wir müssen es herausfinden. Die Götter, die mit diesen Pyramiden verbunden sind, repräsentieren eine Macht, die weit über unser Verständnis hinausgeht. Wir können nicht einfach wegsehen."

Mit einem tiefen Atemzug trat er in die Kammer ein, gefolgt von Seraphina. Die Wände waren mit rätselhaften Symbolen bedeckt, die Geschichten von alten Göttern und vergessenen Ritualen erzählten. Lior spürte, wie die Kälte der Dunkelheit um ihn herum schloss, während er sich den Wandmalereien näherte. "Siehst du das?" rief er aus, während er auf ein Bild deutete, das einen Gott darstellte, der inmitten von Sternen schwebte, umgeben von mystischen Kreaturen.

Seraphina trat näher, ihre Augen weiteten sich vor Staunen. "Das ist Ra, der Sonnengott. Aber was bedeutet das hier?" Sie zeigte auf ein anderes Bild, das einen Kampf zwischen zwei Göttern darstellte, deren Gesichter von Zorn und Macht geprägt waren. "Es sieht aus, als ob sie um die Kontrolle über die Welt kämpfen."

"Genau!" antwortete Lior begeistert. "Diese Darstellungen könnten uns Hinweise darauf geben, wie die alten Ägypter die Götter sahen und welche Macht sie ihnen zuschrieben. Aber es gibt auch eine Warnung. Diese Götter waren nicht nur verehrt; sie waren gefürchtet."

Die Atmosphäre in der Kammer veränderte sich, als sie tiefer in die Symbole eintauchten. Lior und Seraphina fanden sich in einem Netz aus Mythen und Legenden wieder, die die Grenze zwischen Glauben und Wissenschaft verwischten. Fragen über die Natur der Realität drängten sich in ihren Köpfen auf. Was, wenn die Götter tatsächlich existierten? Was, wenn die Pyramiden mehr waren als nur Monumente der Vergangenheit?

"Was, wenn wir die Grenzen des Wissens überschreiten?" murmelte Seraphina, als sie die Bilder betrachtete. "Was, wenn wir Dinge entdecken, die wir nicht verstehen können? Die Konsequenzen könnten katastrophal sein."

Lior drehte sich zu ihr um, seine Augen funkelten vor Entschlossenheit. "Aber was ist der Preis für das Ignorieren dieser Wahrheiten? Wenn wir nicht handeln, könnten wir die Möglichkeit verlieren, das Gleichgewicht zwischen Vergangenheit und Gegenwart zu verstehen. Die Götter könnten nicht nur Gefangene in diesen Pyramiden sein, sondern auch Wächter über das Wissen, das wir suchen."

Seraphina zögerte, als sie die Schwere seiner Worte verstand. Die Götter, die sie einst nur als Mythen betrachtet hatte, wurden plötzlich realer, greifbarer. Sie spürte, wie die Verantwortung auf ihren Schultern lastete. "Wir müssen vorsichtig sein, Lior. Wenn wir die Macht dieser Götter wecken, wissen wir nicht, was geschehen könnte."

"Aber wir können nicht zurückweichen," entgegnete Lior, seine Stimme fest. "Die Wahrheit wartet auf uns, und wir müssen bereit sein, die Konsequenzen zu tragen."

In diesem Moment, während sie die uralten Geheimnisse der Pyramiden ergründeten, wurden sie sich der moralischen Dilemmata bewusst, die ihre Entdeckungen mit sich brachten. Der Drang nach Wissen war stark, aber die Angst vor dem Unbekannten nagte an ihnen. Die Götter, die sie suchten, waren nicht nur Überreste einer vergangenen Zivilisation; sie waren lebendige Legenden, die die Macht hatten, die Welt zu verändern.

Als sie tiefer in die Kammer vordrangen, erkannten sie, dass ihre Suche nach Wahrheit auch eine Suche nach Verantwortung war. Die Vergangenheit war nicht nur ein Schatten, der über ihnen schwebte; sie war ein Teil von ihnen, und die Entscheidungen, die sie trafen, würden nicht nur ihr Schicksal, sondern das Schicksal der gesamten Menschheit beeinflussen.

"Lass uns weitergehen," sagte Lior schließlich, seine Stimme voller Entschlossenheit. "Wir müssen herausfinden, was diese Götter wirklich sind und welche Macht sie repräsentieren. Nur so können wir die Wahrheit über die Pyramiden und uns selbst entdecken."

Seraphina nickte, bereit, sich den Herausforderungen zu stellen, die vor ihnen lagen. Gemeinsam würden sie die Geheimnisse lüften, die in den Pyramiden verborgen waren, und sich den Göttern stellen, die möglicherweise aus ihrem Schlaf erwachen würden.

7.2 Lior und Seraphina: Ein Konflikt der Überzeugungen

In der unterirdischen Kammer lastete eine drückende Stille, durchzogen von Geheimnissen, während Lior und Seraphina den Enthüllungen über die Götter gegenüberstanden. Die Wände schienen zu pulsieren, als ob die Pyramiden selbst lebendig wären und die beiden Archäologen in ihre jahrtausendealten Mysterien einweihen wollten. Lior, überzeugt von der historischen Bedeutung der Pyramiden, fühlte sich zunehmend von der Idee angezogen, dass sie mehr waren als bloße Monumente der Vergangenheit. Der Gedanke, dass sie Schlüssel zu vergessenen Wahrheiten sein könnten, nagte an seinem Verstand und ließ ihn nicht los.

Seraphina hingegen war fest entschlossen, ihre Theorie zu verteidigen. Sie war überzeugt, dass die Pyramiden Gefängnisse uralter Götter waren, und diese Überzeugung verlieh ihr eine Stärke, die Lior oft bewunderte. Doch in diesem Moment, als sie sich gegenüberstanden, wurde die Kluft zwischen ihren Überzeugungen spürbar. "Lior, du musst verstehen, dass die Geschichte nicht immer so ist, wie wir sie uns vorstellen", sagte sie mit fester Stimme, während ihre grünen Augen ihn durchdrangen. "Die Götter sind nicht tot; sie warten nur auf den richtigen Moment, um zurückzukehren."

"Und was, wenn das alles nur Aberglaube ist?", entgegnete Lior, seine Stimme zitterte vor Unsicherheit. "Was, wenn wir hier sind, um die Wahrheit zu entdecken, die die Menschheit voranbringen kann? Die Pyramiden sind nicht das Gefängnis, sondern das Tor zu unserem Verständnis." Seine Worte hallten in der Kammer wider, und für einen Moment schien die Dunkelheit um sie herum zu schweigen, als ob sie die Schwere ihrer Debatte erfasste.

Die Spannung zwischen ihnen wuchs, als sie begannen, die alten Schriften zu studieren, die sie gefunden hatten. Lior blätterte durch die Seiten, seine Finger zitterten vor Aufregung, während er Symbole entdeckte, die er noch nie zuvor gesehen hatte. "Sieh dir das an, Seraphina! Diese Inschriften könnten die Beweise liefern, die wir brauchen, um die wahre Geschichte der Pyramiden zu verstehen."

Seraphina trat näher, ihre Augen weiteten sich, als sie die Schriftzeichen sah. "Ja, aber sie könnten auch Hinweise auf den Fluch enthalten, den wir nicht ignorieren dürfen. Wir müssen vorsichtig sein, Lior. Das, was wir hier entdecken, könnte gefährlicher sein, als wir uns vorstellen können." Ihre Stimme war eindringlich, und Lior konnte die Besorgnis in ihrem Blick sehen. Es war eine Mischung aus Faszination und Angst, die sie beide teilten.

"Ich verstehe deine Bedenken, aber ich kann nicht anders, als an die Möglichkeiten zu glauben", erwiderte Lior, während er sich in die Schriften vertiefte. "Wenn wir die Götter wirklich befreien, könnte das die Menschheit verändern. Wir könnten die Macht des Wissens nutzen, um die Welt zu verbessern."

Seraphina schüttelte den Kopf. "Aber was, wenn wir damit Unheil heraufbeschwören? Was, wenn die Götter nicht bereit sind, sich wieder zu zeigen? Wir könnten alles verlieren, was wir lieben." Ihre Stimme war leise, fast flüsternd, als sie an die möglichen Konsequenzen dachte. Die Angst, die sie empfand, war greifbar, und Lior konnte nicht anders, als sich von ihrer Besorgnis anstecken zu lassen.

In diesem Moment spürten sie beide die Last ihrer Überzeugungen. Lior kämpfte mit der Vorstellung, dass die Pyramiden nicht nur Artefakte waren, sondern auch ein Symbol für das, was sie zu sein hofften. Seraphina hingegen war hin- und hergerissen zwischen ihrem Glauben an das Übernatürliche und der Realität, die sie als Historikerin kannte. Ihre unterschiedlichen Perspektiven führten zu einem emotionalen Konflikt, der nicht nur ihre Beziehung belastete, sondern auch die Richtung ihrer Entdeckungsreise beeinflusste.

"Wir müssen einen Weg finden, um unsere Differenzen zu überwinden", sagte Lior schließlich, seine Stimme war fest, aber verletzlich. "Wenn wir zusammenarbeiten, können wir die Geheimnisse der Pyramiden entschlüsseln und vielleicht sogar die Wahrheit über die Götter herausfinden."

Seraphina sah ihn an, und in ihren Augen funkelte ein Hauch von Hoffnung. "Vielleicht hast du recht. Aber wir müssen uns darauf vorbereiten, was auch immer wir entdecken werden. Es könnte unser Leben für immer verändern."

Mit diesen Worten standen sie an der Schwelle zu einer neuen Phase ihrer Reise. Die Pyramiden, die einst nur Steine und Sand gewesen waren, wurden nun zu einem Symbol für die Herausforderungen, die vor ihnen lagen. Ihre Überzeugungen würden auf die Probe gestellt werden, und die Entscheidungen, die sie trafen, könnten nicht nur ihr Schicksal, sondern das Schicksal der gesamten Menschheit beeinflussen.

7.3 Ein zeitloser Fluch: Die Schatten der Geschichte

In der Kammer lastete eine dichte, ungreifbare Energie, als Lior und Seraphina sich der schockierenden Enthüllung des uralten Fluchs gegenübersahen. Ihre Augen weiteten sich, während die Worte der alten Inschriften in ihren Köpfen widerhallten, und die Bedeutung dieser Entdeckung drang wie ein eisiger Wind in ihre Herzen. "Ein Fluch", murmelte Lior, während er die Symbole betrachtete, die in den Stein gemeißelt waren, "der die Pyramiden und alle, die sie betreten, heimsucht."

Seraphina, die bis zu diesem Moment in ihren Überzeugungen gefestigt war, spürte, wie sich ein Kloß in ihrem Hals bildete. "Wir haben nicht nur die Geheimnisse der Pyramiden aufgedeckt", flüsterte sie, "sondern auch die Dunkelheit, die sie umgibt. Was bedeutet das für uns?" Ihre Stimme zitterte, und die Frage hing wie ein Damoklesschwert über ihnen. Der Fluch war nicht nur eine Warnung, sondern ein lebendiges Wesen, das darauf wartete, entfesselt zu werden.

Die Worte der Inschrift schienen sie zu verspotten, als sie von verlorenen Seelen und vergessenen Göttern sprachen, die durch den Fluch gebunden waren. Lior konnte das Gefühl nicht abschütteln, dass sie an einem Punkt ohne Rückkehr standen. "Wir müssen herausfinden, was dieser Fluch wirklich bedeutet", sagte er entschlossen, doch die Unsicherheit in seiner Stimme war unüberhörbar. "Wenn wir die Pyramiden betreten, riskieren wir nicht nur unser Leben, sondern auch das Schicksal der Welt."

Seraphina sah ihn an, und in diesem Moment war es, als würden ihre Seelen sich verbinden. Sie waren nicht mehr Rivalen, sondern Verbündete in einem Kampf gegen die Ungewissheit. "Was, wenn wir die Wahrheit nicht ertragen können?", fragte sie leise. "Was, wenn wir Dinge entdecken, die wir besser nie gewusst hätten?" Die Angst in ihrer Stimme war greifbar, und Lior spürte, wie sich ein Knoten in seinem Magen bildete. Die Antwort war ihm bewusst, doch er wollte sie nicht aussprechen.

"Wir müssen es wagen", sagte er schließlich, und seine Stimme klang fester, als er sich daran erinnerte, warum er überhaupt hier war. "Die Pyramiden sind mehr als nur Steine. Sie sind ein Teil unserer Geschichte, und wir haben das Recht, die Wahrheit zu erfahren, egal wie schmerzhaft sie sein mag." Seraphina nickte, doch in ihren Augen lag ein Funken Zweifel. Der Fluch, der sie nun begleitete, war nicht nur eine alte Legende; er war real und drohte, alles zu verändern.

Die Dunkelheit um sie herum schien sich zu verdichten, als sie sich dem Ausgang der Kammer näherten. Die Pyramiden ragten majestätisch gegen den Himmel, aber in ihren Schatten lauerten Geheimnisse, die die Menschheit für immer verändern könnten. "Wir müssen vorsichtig sein", warnte Seraphina, als sie die Kante des Eingangs erreichten. "Der Fluch könnte bereits aktiv sein. Wir wissen nicht, was uns erwartet."

"Aber wir können nicht einfach aufgeben", erwiderte Lior, und seine Entschlossenheit brannte wie ein Licht in der Dunkelheit. "Wir müssen die Pyramiden betreten und die Wahrheit ans Licht bringen. Wenn wir das nicht tun, wird der Fluch uns weiterhin verfolgen."

Mit einem letzten Blick auf die Inschriften, die sie hinterließen, traten sie in die blendende Sonne hinaus. Die Wüste war heiß und unbarmherzig, aber in ihren Herzen brannte das Feuer der Entschlossenheit. Der Fluch war nicht nur eine Bedrohung; er war eine Herausforderung, die sie annehmen mussten.

Als sie in die Wüste hinaustraten, fühlten sie die drückende Last der Verantwortung auf ihren Schultern. Die Geheimnisse der Pyramiden waren nun ihre Last, und die Zeit drängte. Thaddeus Drakon würde nicht untätig bleiben, und die Schatten der Vergangenheit hatten begonnen, sich zu regen. Lior und Seraphina waren auf dem Weg in ein Abenteuer, das sie an die Grenzen ihrer Fähigkeiten führen würde.

Die Fragen, die sie sich stellten, hallten in ihren Köpfen wider: Was würde geschehen, wenn sie die Pyramiden betraten? Würden sie die Wahrheit finden oder die Dunkelheit entfesseln, die in den Schatten lauerte? Die Dringlichkeit ihrer Entdeckungsreise war greifbar, und der Fluch, der sie verband, war erst der Anfang. Ihre Reise hatte gerade erst begonnen, und die Herausforderungen, die vor ihnen lagen, waren noch unbekannt.

8
Verborgene Wahrheiten ans Licht

8.1 Die Suche nach der Wahrheit: Ein gefährlicher Pfad

Die sengende Sonne brannte gnadenlos auf die Wüste von Heliopolis, während Lior Kemet und Seraphina Almaso sich auf den riskanten Weg begaben, der sie zu den verborgenen Wahrheiten der Pyramiden führen sollte. Der Sand knirschte unter ihren Füßen, und der heiße Wind trug das Flüstern uralter Geheimnisse mit sich. Entschlossen, die Mysterien zu entschlüsseln, die seit Jahrtausenden im Schatten der gewaltigen Monumente schlummerten, schritten sie voran.

"Wir müssen vorsichtig sein", warnte Seraphina, während ihr Blick über die karge Landschaft glitt. "Die Pyramiden sind nicht nur Grabstätten. Sie könnten auch Gefängnisse für etwas sein, das wir nicht verstehen." Ihre Stimme war fest, doch in ihren Augen schimmerte ein Hauch von Unsicherheit. Lior spürte, wie ihre Worte in ihm widerhallten, und er wusste, dass sie beide an einem kritischen Punkt ihrer Reise standen.

"Ich bin überzeugt, dass die Pyramiden mehr sind als nur Relikte der Vergangenheit", entgegnete Lior, während er seine Karte studierte. "Sie sind Schlüssel zu vergessenen Wahrheiten, die das Verständnis der Menschheit erweitern könnten." Seine Leidenschaft für die Archäologie war unübersehbar, doch die Erinnerungen an seinen verschwundenen Vater drängten sich immer wieder in seinen Geist. Hatte dieser ihn nicht gelehrt, dass das Streben nach Wissen oft mit großen Risiken verbunden war?

Als sie sich dem Eingang einer der kleineren Pyramiden näherten, wurde die Luft schwerer, und ein Gefühl der Vorahnung überkam sie. "Hier ist es", sagte Lior, während er auf eine schmale Öffnung deutete, die zwischen den Steinen verborgen lag. "Das könnte der Zugang zu dem sein, was wir suchen."

Seraphina zögerte einen Moment, dann nickte sie entschlossen. "Wir haben keine Wahl. Wenn wir die Wahrheit finden wollen, müssen wir diesen Weg gehen." Gemeinsam schoben sie die schweren Steine beiseite und traten in die Dunkelheit ein. Der Kontrast zwischen dem grellen Licht der Wüste und der kühlen Dunkelheit des Inneren war überwältigend.

Im Inneren der Pyramide war die Luft stickig und voller Staub. Ihre Taschenlampen schnitten durch die Dunkelheit und beleuchteten die Wände, die mit rätselhaften Hieroglyphen bedeckt waren. "Sieh dir das an", flüsterte Lior und deutete auf ein Symbol, das er sofort erkannte. "Das könnte eine Karte sein, die zu einem weiteren Raum führt."

Seraphina trat näher, ihre Augen weiteten sich vor Staunen. "Es ist erstaunlich, wie viel wir noch nicht wissen. Diese Symbole könnten uns zu den Antworten führen, die wir suchen." Doch während sie sprach, schien ein Schatten über ihr Gesicht zu ziehen. "Aber was, wenn wir etwas wecken, das besser im Verborgenen bleibt?"

"Wir können nicht zurückweichen", erwiderte Lior mit fester Stimme. "Wir müssen weitergehen, egal wie gefährlich es wird." Seine Entschlossenheit war spürbar, doch die Zweifel nagten an ihm. Was, wenn sie die Grenzen des Wissens überschritten? Was, wenn die Pyramiden tatsächlich Gefängnisse waren, und sie ungewollt die Tore zu etwas Unbekanntem öffneten?

Die beiden Archäologen drangen tiefer in die Kammer vor, und die Wände schienen sich um sie zu schließen. Jeder Schritt war von einem Gefühl der Bedrohung begleitet, als ob die alten Götter selbst sie beobachteten. "Wir sollten uns aufteilen", schlug Seraphina vor, ihre Stimme war leise, fast ängstlich. "So können wir mehr Informationen sammeln."

Lior zögerte. "Das ist riskant. Wir wissen nicht, was hier lauert." Doch Seraphinas Entschlossenheit war ansteckend, und schließlich stimmte er zu. "In Ordnung, aber bleib in Hörweite. Wenn du etwas findest, ruf mich sofort."

Sie trennten sich, und während Lior durch einen schmalen Gang schlüpfte, spürte er, wie die Dunkelheit ihn umhüllte. Er konnte das Pochen seines Herzens hören, das in seinen Ohren dröhnte. Die Wände schienen ihm näher zu kommen, und die Hieroglyphen schienen zu flüstern, als ob sie ihm Geheimnisse zuflüsterten, die er nicht begreifen konnte.

Plötzlich hörte er ein Geräusch hinter sich – ein leises Knacken, gefolgt von einem tiefen, unheilvollen Grollen. "Seraphina?" rief er, doch die Dunkelheit verschlang seine Worte. Er wusste, dass sie sich in einem gefährlichen Spiel befanden, und dass jede Entscheidung, die sie trafen, Konsequenzen haben würde, die weit über ihre Vorstellungskraft hinausgingen.

Mit einem letzten Blick auf die Wand, die die Geheimnisse der Pyramiden verbarg, atmete Lior tief ein. Er war bereit, alles zu riskieren, um die Wahrheit zu finden, auch wenn der Preis dafür hoch sein könnte. In diesem Moment war ihm klar, dass der gefährliche Pfad, den sie gewählt hatten, nicht nur eine Reise zu den Pyramiden war, sondern auch eine Reise zu sich selbst.

8.2 Liors innere Kämpfe: Zweifel und Entschlossenheit

Die unerbittliche Glut der Wüste schien Lior Kemet zu erdrücken, während er den staubigen Pfad zur Pyramide von Heliopolis beschritt. Jeder Schritt fühlte sich an wie ein Kampf gegen die unsichtbaren Geister seiner Vergangenheit. Die Erinnerungen an seinen Vater, der in den Schatten der alten Monumente verschwunden war, nagten an ihm wie hungrige Ratten. Was, wenn auch er in den Tiefen dieser geheimnisvollen Struktur verloren ging? Die Gedanken an das Schicksal seines Vaters, der ebenfalls ein Archäologe war, überfluteten ihn mit Angst und Zweifeln. Er hatte sich geschworen, die Geheimnisse der Pyramiden zu lüften, doch jetzt schien dieser Schwur mehr eine Last als eine Verpflichtung zu sein.

Als er die massive Struktur der Pyramide betrachtete, schien sie ihm nicht nur ein Symbol für Macht und Wissen zu sein, sondern auch ein Gefängnis für die Wahrheiten, die er suchte. Lior fragte sich, ob die Pyramiden wirklich die Schlüssel zu vergessenen Wahrheiten waren oder ob sie vielmehr eine Falle darstellten, die ihn in die gleiche Dunkelheit ziehen würde, in der sein Vater verschwunden war. Der Gedanke ließ ihn innehalten. Er fühlte sich, als ob er an der Schwelle zu etwas Großem stand, und gleichzeitig war da diese lähmende Furcht, die ihn zurückhielt.

"Was, wenn ich scheitere? Was, wenn ich das gleiche Schicksal erleide wie mein Vater?" Diese Fragen schwirrten in seinem Kopf, während er versuchte, seine Entschlossenheit zu bewahren. Er erinnerte sich an die Geschichten, die sein Vater ihm erzählt hatte – von den Wundern der alten Zivilisationen und den Geheimnissen, die in den Pyramiden verborgen waren. Doch die Realität war anders. Es war nicht nur eine Suche nach Wissen; es war ein Wettlauf gegen die Zeit, und jeder Moment zählte. Drakon, der skrupellose Antiquitätenhändler, war ihm dicht auf den Fersen, und Lior wusste, dass er schnell handeln musste, um die Geheimnisse zu schützen, die er so sehr zu entschlüsseln hoffte.

Inmitten dieser inneren Kämpfe spürte Lior jedoch auch einen Funken Hoffnung. Er dachte an Seraphina Almaso, die rivalisierende Historikerin, die trotz ihrer Differenzen eine unerwartete Verbindung zu ihm aufgebaut hatte. Ihre Leidenschaft für die Geschichte und ihre Überzeugung, dass die Pyramiden mehr waren als nur Monumente, hatten ihn inspiriert. Doch diese Inspiration war auch ein zweischneidiges Schwert. Ihre Rivalität war intensiv, und Lior konnte nicht leugnen, dass er sich zu ihr hingezogen fühlte. Doch in diesem Moment war er sich nicht sicher, ob diese Anziehungskraft ein Vorteil oder ein Hindernis auf seiner Reise war.

"Ich muss meine Ängste überwinden", murmelte er leise zu sich selbst, während er den Eingang zur Pyramide erreichte. "Ich kann nicht zulassen, dass die Schatten der Vergangenheit mich festhalten." Mit einem tiefen Atemzug trat er in die Dunkelheit der Kammer ein. Die Kühle der Luft umhüllte ihn wie ein schützender Mantel, doch die Unsicherheit nagte an ihm. Was würde er finden? Würde er die Antworten erhalten, nach denen er suchte, oder würde er die Wahrheit entdecken, die er fürchtete?

Die Dunkelheit war erdrückend, und Lior spürte, wie seine Zweifel wieder aufkeimten. "Was, wenn ich nicht stark genug bin? Was, wenn ich alles verliere?" Diese Gedanken schienen wie Schatten um ihn zu kreisen, während er sich tiefer in die Kammer wagte. Doch dann erinnerte er sich an die Worte seines Vaters: "Wissen ist Macht, aber es erfordert Mut, die Wahrheit zu suchen." Diese Erinnerung gab ihm den nötigen Antrieb, weiterzugehen, auch wenn die Furcht ihn lähmte.

Mit jedem Schritt, den er machte, wuchs seine Entschlossenheit. Er wollte nicht nur die Geheimnisse der Pyramiden lüften, sondern auch die Geister seiner Vergangenheit besiegen. Lior wusste, dass er nicht allein war. Seraphina war an seiner Seite, und gemeinsam könnten sie die Herausforderungen meistern, die vor ihnen lagen. In diesem Moment beschloss er, seine Ängste hinter sich zu lassen und sich auf die Entdeckungsreise zu konzentrieren. Er würde nicht zulassen, dass die Schatten der Vergangenheit ihn zurückhielten. Stattdessen würde er die Dunkelheit durchdringen und die Wahrheit ans Licht bringen.

8.3 Seraphinas Überzeugungen: Glauben auf dem Prüfstand

Am Rand der unterirdischen Kammer verharrte Seraphina, während die Luft schwer von Geheimnissen und drückender Stille war, die nur durch das leise Tropfen von Wasser unterbrochen wurde. Die Wände schienen zu flüstern, als ob sie die Geschichten der Götter bewahrten, die einst in ihren Fängen gefangen waren. Umgeben von Relikten einer längst vergangenen Zeit fühlte sie sich wie ein Kind, das in die unendlichen Weiten des Wissens blickte, gleichzeitig jedoch von der Ungewissheit ihrer eigenen Überzeugungen überwältigt wurde.

Die neuen Informationen über die Pyramiden hatten ihre Welt ins Wanken gebracht. Seraphina hatte stets geglaubt, dass die Pyramiden mehr waren als bloße Monumente; sie waren Gefängnisse, in denen die Götter festgehalten wurden, die die Menschheit mit ihren Kräften beeinflussten. Doch jetzt, mit den Enthüllungen, die Lior und sie gemeinsam entdeckt hatten, begannen ihre Theorien zu bröckeln. Waren die Götter wirklich so mächtig, oder war es nur eine Illusion, die die Menschen sich selbst geschaffen hatten, um die Ungewissheit des Lebens zu erklären?

Sie schloss die Augen und atmete tief ein, versuchte, die aufkommenden Zweifel zu vertreiben. Ihr Verstand war ein Schlachtfeld, auf dem Glauben und Wissenschaft miteinander rangen. Die Worte der alten Schriften hallten in ihrem Kopf wider, während sie versuchte, die Bruchstücke ihrer Überzeugungen zusammenzufügen. "Glaube ist nicht nur ein Gefühl, sondern auch eine Entscheidung", hatte ihr Mentor einmal gesagt. Aber was, wenn dieser Glaube auf einem Fundament aus Sand gebaut war? Was, wenn die Wahrheit viel komplizierter war, als sie je angenommen hatte?

Als sie die Dunkelheit der Kammer betrachtete, spürte sie, wie die Kälte des Raumes sich in ihr Herz schlich. Sie dachte an die Geschichten, die sie als Kind gehört hatte, an die Legenden von den Göttern, die über die Menschen wachten und sie gleichzeitig fürchteten. Hatte sie sich in ihrer Obsession verrannt? War es an der Zeit, ihre Überzeugungen zu hinterfragen und neue Perspektiven anzunehmen? Diese Fragen nagten an ihr, während sie die Pyramiden betrachtete, die majestätisch und bedrohlich zugleich vor ihr standen.

Seraphina wandte sich an Lior, der neben ihr stand, seine Augen voller Entschlossenheit und Neugier. "Was, wenn wir falsch liegen?", fragte sie leise, ihre Stimme kaum mehr als ein Flüstern. "Was, wenn die Götter nicht mehr sind als Metaphern für unsere Ängste und Hoffnungen?" Lior sah sie an, und in seinen Augen spiegelte sich ein Verständnis wider, das sie in diesem Moment brauchte. "Vielleicht ist es genau das, was wir herausfinden müssen", antwortete er. "Aber egal, was wir entdecken, es wird uns verändern."

In diesem Augenblick wurde Seraphina klar, dass sie nicht länger in der Sicherheit ihrer Überzeugungen verweilen konnte. Die Wahrheit war ein unberechenbares Terrain, und sie musste bereit sein, die Konsequenzen ihrer Entdeckungen zu akzeptieren. Sie wusste, dass sie nicht nur ihre Theorien in Frage stellte, sondern auch die Art und Weise, wie sie die Welt sah. Der Gedanke daran, dass die Pyramiden nicht nur Gefängnisse, sondern auch Schlüssel zu einer tieferen Wahrheit sein könnten, war sowohl beängstigend als auch aufregend.

Ein Gefühl der Unsicherheit überkam sie, als sie sich der nächsten Herausforderung bewusst wurde. Was, wenn die Enthüllungen, die sie entdeckten, nicht nur ihre eigenen Überzeugungen, sondern auch das Schicksal der Welt beeinflussen könnten? Die Verantwortung lastete schwer auf ihren Schultern, und sie wusste, dass sie bereit sein musste, alles zu riskieren, um die Wahrheit ans Licht zu bringen.

Mit einem letzten Blick auf die geheimnisvollen Hieroglyphen an der Wand der Kammer fühlte Seraphina, wie eine neue Entschlossenheit in ihr aufstieg. Sie würde ihre Überzeugungen nicht einfach aufgeben, sondern sie weiterentwickeln, sie mit dem Wissen, das sie erlangte, in Einklang bringen. Gemeinsam mit Lior würde sie die Geheimnisse der Pyramiden entschlüsseln und herausfinden, was es wirklich bedeutete, an die Götter zu glauben. Und während sie sich auf die bevorstehenden Enthüllungen vorbereiteten, wusste sie, dass dies erst der Anfang ihrer Reise war – eine Reise, die sie in die tiefsten Abgründe der menschlichen Existenz führen würde.

9
Der Fluch entfaltet sich

9.1 Anzeichen des Fluchs: Dunkle Vorzeichen

Unbarmherzig brannte die glühende Sonne auf die Pyramiden von Heliopolis, während Lior Kemet und Seraphina Almaso sich in der Nähe eines ehrwürdigen Tempels versammelten. Der Wüstensand wirbelte um ihre Füße, während sie angeregt über die neuesten Entdeckungen diskutierten. Eine seltsame Spannung lag in der Luft, ein Gefühl, das Lior nicht ganz benennen konnte. Es war, als ob die Pyramiden selbst lebendig waren und ihnen etwas mitteilen wollten.

"Hast du das Gefühl, dass etwas nicht stimmt?" fragte Seraphina, ihre durchdringenden grünen Augen fest auf Lior gerichtet. In ihrer Stimme schwang eine Mischung aus Besorgnis und Neugier mit, die ihn an ihre Leidenschaft für die Geheimnisse der Vergangenheit erinnerte. "Es ist, als ob die Wüste uns beobachtet."

Lior nickte und musterte die Umgebung. "Ja, ich habe auch diese Anzeichen bemerkt. Es ist nicht nur die Hitze oder der Wind. Da ist eine... Dunkelheit, die sich über uns legt." Seine Gedanken wanderten zu den alten Schriften, die sie in der Kammer gefunden hatten, und zu den rätselhaften Symbolen, die sie nicht entschlüsseln konnten. Jedes Mal, wenn er daran dachte, spürte er ein Ziehen in seiner Brust, als ob die Pyramiden ihm etwas vorenthalten würden.

"Wir müssen herausfinden, was es bedeutet", sagte Seraphina entschlossen. "Wenn die Pyramiden wirklich Gefängnisse sind, wie du immer sagst, könnte es gefährlich sein, weiter zu forschen."

"Aber was, wenn wir die Wahrheit entdecken? Was, wenn wir das Wissen finden, das die Menschheit seit Jahrhunderten sucht?" Lior spürte, wie seine Obsession ihn antrieb, während er die Worte aussprach. "Wir dürfen nicht aufgeben."

In diesem Moment bemerkten sie beide eine Veränderung in der Luft. Ein kalter Wind wehte plötzlich durch die Wüste, und die Wolken am Himmel verdunkelten sich. Die Sonne wurde von einem Schatten überzogen, der sich über die Pyramiden legte. Lior fühlte einen Schauer über seinen Rücken laufen. "Das ist nicht normal", murmelte er.

"Wir sollten gehen", schlug Seraphina vor, aber ihre Stimme zitterte leicht. "Es fühlt sich an, als ob wir beobachtet werden."

Sie begannen, sich zurückzuziehen, als ein lautes Geräusch hinter ihnen ertönte. Es war, als ob die Pyramiden selbst zu sprechen begannen, ein tiefes Grollen, das durch die Luft hallte. Lior drehte sich um und sah, wie sich der Sand unter ihren Füßen bewegte, als ob etwas unter der Oberfläche brodelte. "Was ist das?" fragte er, während er den Blick nicht von den Pyramiden abwenden konnte.

"Ich weiß es nicht, aber wir müssen herausfinden, was hier vor sich geht", antwortete Seraphina, ihre Stimme fest. "Es könnte mit dem Fluch zu tun haben, von dem die alten Schriften sprechen."

Ein Gefühl der Dringlichkeit überkam Lior. Die Anzeichen des Fluchs, die sie begonnen hatten zu bemerken, waren nicht nur einfache Vorzeichen; sie waren Warnungen. "Wir müssen die Schriften erneut untersuchen", sagte er. "Vielleicht gibt es Hinweise darauf, wie wir damit umgehen können."

Seraphina nickte, und sie machten sich auf den Weg zurück zur Kammer. Auf dem Weg dorthin spürte Lior, wie sich die Dunkelheit um sie herum verdichtete. Er konnte nicht anders, als an die Geschichten zu denken, die er als Kind gehört hatte – Geschichten über verlorene Seelen und uralte Götter, die in den Pyramiden gefangen waren. Hatte er die Grenzen des Wissens überschritten? War er bereit, die Konsequenzen seiner Entdeckungen zu tragen?

Als sie die Kammer erreichten, war die Atmosphäre noch drückender. Lior trat ein und spürte sofort die Kälte, die von den Wänden ausging. "Hier ist es", sagte er und deutete auf die alten Schriften, die auf dem Tisch lagen. "Wir müssen die Bedeutung dieser Zeichen entschlüsseln."

Seraphina beugte sich über die Schriften, ihre Stirn in Falten gelegt. "Wenn wir die Anzeichen des Fluchs verstehen, könnten wir einen Weg finden, ihn zu brechen. Aber wir müssen vorsichtig sein. Wissen hat seinen Preis."

"Und wir müssen bereit sein, ihn zu zahlen", fügte Lior hinzu, während er die Schriften studierte. Er wusste, dass sie sich auf einen gefährlichen Pfad begaben, aber die Neugier und der Drang nach Wahrheit waren stärker als die Angst. In diesem Moment war er entschlossen, die Geheimnisse der Pyramiden zu lüften, egal welche dunklen Vorzeichen sich ihnen in den Weg stellten.

9.2 Lior und Seraphina: Eine wachsende Verbindung

Die unerbittliche Hitze der Wüste um Heliopolis schien die Luft zu einer dichten, drückenden Masse zu verwandeln, während Lior und Seraphina sich den Herausforderungen des Fluchs gegenübersahen. Eingehüllt in die Geheimnisse, die die Pyramiden umgaben, spürten sie, wie ihre Verbindung zueinander unaufhaltsam wuchs. Diese Bindung war nicht nur das Resultat ihrer Rivalität, sondern auch das Ergebnis ihrer gemeinsamen Kämpfe und Entdeckungen. Während sie durch die unterirdischen Kammern und die düsteren Schatten der Geschichte schritten, fanden sie Trost und Unterstützung ineinander.

"Was, wenn wir die Antworten finden, die wir suchen? Was, wenn wir die Götter tatsächlich erwecken?" fragte Seraphina, ihre Stimme zitterte leicht vor Angst und Aufregung. Lior sah sie an, seine Augen funkelten vor Entschlossenheit. "Dann müssen wir bereit sein, die Konsequenzen zu tragen. Aber ich glaube, dass wir gemeinsam stark genug sind, um uns dem zu stellen."

In diesen Momenten, in denen sie sich gegenseitig ermutigten, spürten sie eine emotionale Tiefe, die über die bloße Zusammenarbeit hinausging. Es war eine Art von Vertrauen, die sich nur in den schwierigsten Zeiten entwickeln konnte. Die Herausforderungen, die sie überwinden mussten, schweißten sie zusammen und ließen sie erkennen, dass sie nicht nur für ihre eigenen Ziele kämpften, sondern auch füreinander.

Als sie tiefer in die Kammer vordrangen, begegneten sie alten Schriften, die Geschichten von Macht und Verlust erzählten. Lior hielt eine der Tafeln in seinen Händen, die mit mystischen Symbolen bedeckt war. "Sieh dir das an, Seraphina! Diese Schrift könnte der Schlüssel zu unserem Verständnis des Fluchs sein." Seine Begeisterung war ansteckend, und Seraphina trat näher, um einen Blick darauf zu werfen. Doch während sie die Zeichen studierten, schlich sich ein Gefühl der Unsicherheit in ihr Herz. "Was, wenn wir mehr als nur Wissen erlangen? Was, wenn wir etwas entfesseln, das wir nicht kontrollieren können?"

"Wir müssen es versuchen", antwortete Lior, seine Stimme fest und beruhigend. "Ich kann nicht zulassen, dass die Angst uns zurückhält. Wir haben schon so viel riskiert." Seraphina nickte, doch in ihrem Inneren tobte ein Sturm aus Zweifeln. Sie wollte an ihre Theorien glauben, an die Macht der Götter, die in den Pyramiden gefangen waren, aber die Realität ihrer Situation machte es schwer, den Glauben aufrechtzuerhalten.

"Lior, was ist, wenn wir scheitern? Was ist, wenn wir die Götter wirklich erwecken und sie uns nicht wohlgesonnen sind?" Ihre Stimme war leise, fast flüsternd, als sie ihre tiefsten Ängste teilte. Lior trat einen Schritt näher, seine Augen suchten die ihren. "Wenn wir scheitern, dann werden wir es gemeinsam tun. Ich werde dich nicht im Stich lassen."

Diese Worte waren wie ein Lichtstrahl in der Dunkelheit, der Seraphina half, ihre Zweifel zu besiegen. In diesem Moment erkannte sie, dass ihre Verbindung nicht nur aus Rivalität bestand, sondern aus einer tiefen, unerschütterlichen Partnerschaft. Gemeinsam würden sie die Geheimnisse der Pyramiden lüften und die Herausforderungen des Fluchs meistern.

Die Anziehungskraft zwischen ihnen war spürbar, ein unsichtbares Band, das sie zusammenhielt, während sie sich den Gefahren der Dunkelheit stellten. Seraphina fühlte, wie ihr Herz schneller schlug, als sie Lior ansah. Es war nicht nur seine Entschlossenheit, die sie anzog, sondern auch die Art, wie er sie in seinen Plänen einbezog, als wäre sie nicht nur eine Rivalin, sondern eine gleichwertige Partnerin.

"Wir sollten einen Plan schmieden", schlug Lior vor, während sie sich in der Kammer umschauten. "Etwas, das uns hilft, den Fluch zu brechen und die Geheimnisse zu entschlüsseln, ohne die Götter zu wecken." Seraphina nickte, und während sie begannen, Ideen auszutauschen, fühlte sie, wie ihre Ängste langsam verblassten. Es war, als ob die Dunkelheit um sie herum weniger bedrohlich wurde, je mehr sie sich aufeinander konzentrierten.

Doch während sie sich auf die bevorstehenden Herausforderungen vorbereiteten, schwebte eine unbestimmte Gefahr über ihnen. Der Fluch war real, und die Konsequenzen ihrer Handlungen könnten verheerend sein. Aber in diesem Moment, inmitten der Geheimnisse und der Dunkelheit, wussten sie, dass sie nicht allein waren. Ihre Verbindung war stark genug, um selbst die größten Herausforderungen zu meistern.

9.3 Ein riskanter Plan: Die Grenzen des Möglichen

In der dichten Dunkelheit der Kammer schien sich die Luft um Lior und Seraphina zu verdichten, während sie in gedämpfter Stille über ihren gewagten Plan nachdachten. Der Fluch, der mit den Pyramiden verbunden war, hatte sich wie ein Schatten über ihre Seelen gelegt, und die Dringlichkeit, ihn zu brechen, trieb sie an, alles zu riskieren. "Wir müssen den Schlüssel finden, bevor Drakon uns zuvorkommt", flüsterte Lior, seine Stimme kaum mehr als ein Hauch in der bedrückenden Stille. Seraphina nickte, ihre grünen Augen funkelten vor Entschlossenheit, doch auch Zweifel schimmerten darin. "Aber was, wenn wir nicht bereit sind für das, was wir entdecken werden? Was, wenn wir die Götter wirklich erwecken?"

Diese Fragen hallten in Liors Kopf wider, während er an die Geschichten dachte, die er als Kind gehört hatte – Geschichten von alten Göttern, die in der Dunkelheit lauerten, bereit, die Welt ins Chaos zu stürzen. "Wir haben keine Wahl", antwortete er, seine Stimme fest. "Wenn wir nichts tun, wird Drakon die Macht an sich reißen und die Geheimnisse der Pyramiden für seine eigenen finsteren Zwecke nutzen." Die Vorstellung, dass jemand wie Drakon, getrieben von Gier und Macht, die Kontrolle über das Erbe der Menschheit übernehmen könnte, ließ ihm das Blut in den Adern gefrieren.

Seraphina trat näher, ihre Hand berührte sanft Liors Arm. "Ich weiß, dass du Angst hast, Lior. Ich spüre es. Aber wir müssen uns gegenseitig vertrauen, wenn wir diesen Fluch brechen wollen. Es ist nicht nur unsere Zukunft, die auf dem Spiel steht, sondern das Schicksal aller." Ihre Worte waren wie ein Lichtstrahl in der Dunkelheit, und Lior fühlte, wie seine Ängste ein wenig schwanden. Sie hatten gemeinsam so viel durchgemacht, und trotz ihrer Rivalität war da eine Verbindung gewachsen, die sie beide nicht ignorieren konnten.

"Also, was ist unser Plan?", fragte Lior, während er seine Gedanken sammelte. Seraphina holte tief Luft und begann, ihre Ideen zu skizzieren. "Wir müssen die alten Schriften entschlüsseln, die wir gefunden haben. Sie enthalten Hinweise darauf, wie wir den Fluch brechen können. Aber wir müssen vorsichtig sein. Jeder Schritt könnte uns in die Falle von Drakon führen."

Die beiden begannen, ihre Strategien zu entwickeln, und während sie diskutierten, wurde die Atmosphäre um sie herum elektrisierend. Die Pyramiden schienen ihnen zuzuhören, als ob sie die Entschlossenheit der beiden Protagonisten spürten. "Wir müssen in die unterirdische Kammer zurückkehren", sagte Lior schließlich. "Dort sind die Antworten, die wir suchen. Aber wir müssen sicherstellen, dass wir Drakon einen Schritt voraus sind."

"Ich kann meine Kontakte nutzen, um Informationen über Drakons Bewegungen zu sammeln", schlug Seraphina vor. "Wenn wir wissen, wo er ist, können wir besser planen." Lior nickte, und ein Gefühl der Hoffnung erfüllte ihn. Vielleicht, nur vielleicht, konnten sie gemeinsam das Unmögliche erreichen.

Doch während sie ihren Plan schmiedeten, spürte Lior eine wachsende Unruhe in seinem Inneren. Was, wenn sie scheiterten? Was, wenn sie die Götter tatsächlich erweckten und die Konsequenzen nicht kontrollieren konnten? Die Gedanken quälten ihn, aber er wusste, dass er keine Zeit hatte, sich von seinen Ängsten lähmen zu lassen. "Wir müssen uns beeilen", sagte er schließlich. "Die Zeit läuft uns davon."

In diesem Moment wurde die Dringlichkeit ihrer Situation greifbar. Die Wände der Kammer schienen sich um sie zu schließen, und die Schatten der Vergangenheit drängten sich in ihre Gedanken. "Wenn wir das schaffen, wird es unser Leben für immer verändern", murmelte Seraphina, und in ihren Worten lag eine Mischung aus Angst und Vorfreude. Lior spürte, wie sein Herz schneller schlug. Der Plan war riskant, ja, aber die Möglichkeit, die Wahrheit zu entdecken, war es wert.

"Lass uns gehen", sagte er schließlich, seine Stimme fest und entschlossen. "Wir brechen den Fluch oder wir stehen zusammen, egal was passiert." Seraphina lächelte, und in diesem Lächeln lag ein Versprechen – ein Versprechen, dass sie nicht allein waren, dass sie gemeinsam kämpfen würden, egal wie groß die Herausforderungen auch sein mochten.

Mit einem letzten Blick auf die geheimnisvollen Symbole an den Wänden der Kammer machten sie sich auf den Weg, bereit, sich den Gefahren zu stellen, die vor ihnen lagen. Die Pyramiden, die einst nur ein Rätsel waren, hatten sich in einen Ort des Schicksals verwandelt, und während sie die Dunkelheit hinter sich ließen, wussten sie, dass ihre Reise gerade erst begonnen hatte. Und mit jedem Schritt, den sie taten, wurde die Ungewissheit über das, was kommen würde, zu einem aufregenden Abenteuer, das ihre Seelen für immer prägen würde.

10
Der Wettlauf um die Macht

10.2 Zusammenarbeit: Feinde werden Verbündete

In einem glühenden Licht erstrahlte die Wüste von Heliopolis, während Lior und Seraphina sich in einem schattigen Versteck hinter einer der majestätischen Pyramiden versammelten. Die Bedrohung durch Thaddeus Drakon schwebte über ihnen wie ein dunkler Schatten, der die Luft mit Anspannung erfüllte. Lior spürte das Gewicht der Verantwortung auf seinen Schultern, als er Seraphina ansah, deren Gesicht von Entschlossenheit geprägt war. Es war klar, dass sie, um ihre Ziele zu erreichen, zusammenarbeiten mussten, trotz ihrer unterschiedlichen Ansichten über die Pyramiden.

"Wir können nicht länger in dieser Rivalität verharren", begann Lior, seine Stimme fest, aber leise. "Drakon wird uns beide vernichten, wenn wir nicht gemeinsam handeln." Seraphina nickte, auch wenn ein Teil von ihr sich gegen die Idee sträubte, mit ihrem Rivalen zu kooperieren. Ihre Überzeugungen standen in direktem Gegensatz zueinander; doch in diesem Moment war der gemeinsame Feind stärker als ihre Differenzen.

"Du hast recht", antwortete sie, während sie die Stirn runzelte. "Aber ich kann nicht einfach meine Theorie über Bord werfen. Die Pyramiden sind mehr als nur Monumente; sie sind Gefängnisse uralter Götter. Das müssen wir herausfinden." Lior spürte, wie die Spannung zwischen ihnen zu einem neuen Verständnis führte. Es war nicht nur eine Allianz, sondern auch eine Chance, ihre Perspektiven zu erweitern und voneinander zu lernen.

In den folgenden Stunden arbeiteten sie an einem Plan, um Drakon zu überlisten. Lior skizzierte auf dem Sandboden einen groben Entwurf der Pyramide und ihrer möglichen Geheimnisse. Seraphina beobachtete ihn aufmerksam, ihre Augen funkelten vor Interesse. "Wenn wir den Eingang zur Kammer finden, können wir Drakon eine Falle stellen", schlug sie vor, während sie die Details seiner Skizze studierte.

"Genau", erwiderte Lior, seine Begeisterung wuchs. "Wir müssen ihn dazu bringen, zu glauben, dass er die Kontrolle hat. Wenn wir ihm eine falsche Spur geben, können wir die Geheimnisse der Pyramiden für uns gewinnen." Diese neue Dynamik zwischen ihnen war elektrisierend. Lior bemerkte, wie Seraphinas Leidenschaft für die Geschichte der Pyramiden ihn ansteckte. Ihre Rivalität verwandelte sich in eine produktive Zusammenarbeit, die beiden half, ihre Fähigkeiten zu bündeln.

Doch während sie an ihrem Plan arbeiteten, nagten Zweifel an Seraphina. "Was ist, wenn wir uns irren? Was, wenn die Götter tatsächlich in diesen Pyramiden gefangen sind?" Ihre Stimme war leise, fast ängstlich. Lior sah sie an, sein Herz klopfte schneller. "Das Risiko ist es wert. Wir müssen die Wahrheit herausfinden, egal wie gefährlich es wird." In diesem Moment spürte er, dass sie beide an einem Wendepunkt standen, nicht nur in ihrer Mission, sondern auch in ihrer Beziehung zueinander.

Die Nacht brach herein, und der Himmel über der Wüste war mit Sternen übersät. Während sie am Feuer saßen, reflektierten sie über ihre Vergangenheit und die Entscheidungen, die sie getroffen hatten. Lior sprach von seinem Vater, der in der Wüste verschwunden war, und Seraphina erzählte von ihrer Kindheit, in der sie von alten Mythen fasziniert war. Diese Offenbarungen schufen eine tiefere Verbindung zwischen ihnen, die über ihre anfängliche Rivalität hinausging.

"Wir sind nicht so unterschiedlich, wie ich dachte", gestand Seraphina, ihre Stimme sanft. "Wir beide suchen nach Antworten, nach der Wahrheit." Lior nickte, ein Gefühl der Verbundenheit überkam ihn. "Ja, und vielleicht können wir gemeinsam mehr erreichen, als wir es je alleine könnten."

Als sie sich auf den nächsten Tag vorbereiteten, spürten sie, dass sie nicht nur Verbündete, sondern auch Freunde geworden waren. Die Entscheidung, zusammenzuarbeiten, hatte nicht nur ihre Mission gestärkt, sondern auch ihre Herzen geöffnet. Sie waren bereit, die Herausforderungen anzunehmen, die vor ihnen lagen, und die Geheimnisse der Pyramiden zu lüften, koste es, was es wolle.

Doch während sie sich auf den Weg machten, um Drakon gegenüberzutreten, war das Gefühl der Unsicherheit nie weit entfernt. "Wer kann wirklich vertrauen?", fragte Seraphina, als sie sich auf den Weg machten. Lior konnte nur nicken, denn die Schatten der Vergangenheit und die Ungewissheit der Zukunft schwebten über ihnen. Doch eines war sicher: Gemeinsam waren sie stärker, und ihre Reise hatte gerade erst begonnen.

10.3 Verrat im Schatten: Wer kann vertrauen?

Die untergehende Sonne hüllte die Wüste in ein blutrotes Licht, während Lior und Seraphina in der Dunkelheit der Kammer verweilten. Der geheimnisvolle Eingang, den sie entdeckt hatten, erschien nun wie ein Portal zu einer anderen Welt, einer Welt voller Geheimnisse und Gefahren. Ein kalter Schauer lief Lior über den Rücken, als er die schimmernden Symbole an den Wänden betrachtete, die in der Dämmerung lebendig zu werden schienen. Es war, als würde die Pyramide selbst ihn beobachten, als ob sie wüsste, dass er auf der Suche nach der Wahrheit war.

"Wir müssen vorsichtig sein", flüsterte Seraphina, ihre Stimme kaum mehr als ein Hauch. "Ich habe das Gefühl, dass wir nicht allein sind." Ihre Augen durchstreiften die Schatten, als ob sie die Dunkelheit herausfordern wollte, die sich um sie schloss. Lior nickte, seine Gedanken rasten. Die Bedrohung durch Drakon war ihm noch immer präsent, und jetzt, da sie in dieser geheimen Kammer waren, fühlte er die Gefahr umso mehr. Es war nicht nur die physische Bedrohung durch den skrupellosen Antiquitätenhändler, sondern auch die Unsicherheit, die zwischen ihnen schwebte. Wer konnte wirklich vertrauen?

"Wir müssen die Schriften entschlüsseln", sagte Lior entschlossen und trat näher an die Wand heran. "Vielleicht finden wir hier Antworten, die uns helfen, Drakon zu stoppen." Doch während er sprach, spürte er Seraphinas Zögern. Ihre eigenen Überzeugungen wurden in Frage gestellt, und Lior konnte sehen, wie der innere Konflikt in ihren Augen tobte. "Was ist, wenn die Götter, von denen wir sprechen, tatsächlich existieren? Was, wenn wir etwas wecken, das wir nicht kontrollieren können?"

Seraphinas Zweifel waren greifbar, und Lior wusste, dass ihre Rivalität nicht nur um Wissen, sondern auch um Glauben ging. Er hatte seine eigene Besessenheit für die Pyramiden, aber Seraphina war von einer tiefen Furcht getrieben, die ihn nicht losließ. "Wir müssen es herausfinden", erwiderte er, "sonst wird Drakon die Macht erlangen, die wir zu verhindern versuchen." Die Worte schienen in der Luft zu hängen, schwer und bedeutungsvoll.

Plötzlich durchbrach ein Geräusch die Stille – ein leises Knacken, gefolgt von einem Schatten, der sich bewegte. Lior und Seraphina hielten den Atem an, als sie sich umdrehten. Ein Gefühl der Panik breitete sich in Lior aus. "Wir sind nicht allein", murmelte er, während er sich näher an Seraphina drängte. Ihre Hände fanden sich unwillkürlich, und in diesem Moment der Unsicherheit spürte Lior eine unerwartete Verbindung zwischen ihnen.

"Wir müssen gehen", sagte Seraphina hastig, ihre Stimme fest, doch in ihren Augen lag Angst. "Wenn Drakon hier ist, können wir nicht riskieren, gefangen genommen zu werden." Lior zögerte einen Moment, dann nickte er. Gemeinsam wandten sie sich dem Ausgang zu, doch die Dunkelheit schien sich um sie zu schließen, als ob sie versuchte, sie zurückzuhalten.

"Was, wenn wir uns nicht mehr vertrauen können?" fragte Lior, während sie hastig durch den engen Gang eilten. "Was, wenn einer von uns verrät, was wir gefunden haben?" Seraphina sah ihn an, und in ihrem Blick lag eine Mischung aus Entschlossenheit und Traurigkeit. "Wir müssen an uns glauben, Lior. Wenn wir scheitern, könnte das alles kosten, was wir lieben."

Die Worte hallten in Liors Kopf wider, während sie die Kammer hinter sich ließen. Er fühlte, wie die Unsicherheit wie ein Schatten über ihnen schwebte. Was, wenn ihre Rivalität sie auseinanderbrachte? Was, wenn die Wahrheit, die sie suchten, nicht nur die Pyramiden, sondern auch ihre Beziehung zueinander bedrohte? Der Gedanke war erdrückend, und Lior wusste, dass sie sich in einem gefährlichen Spiel befanden, in dem jeder Schritt sie näher an den Abgrund bringen konnte.

Als sie schließlich den Ausgang erreichten, war die Nacht über die Wüste hereingebrochen. Der Himmel war mit Sternen übersät, die wie Augen schienen, die sie beobachteten. Lior und Seraphina traten ins Freie, und die kühle Luft umhüllte sie wie ein beruhigender Mantel. Doch die Ungewissheit blieb. Wer konnte vertrauen? Und was würde als Nächstes geschehen? Die Fragen brannten in Liors Geist, während sie in die Dunkelheit der Wüste hinaustraten, bereit für das, was kommen würde.

11
Die entscheidende Wahl

11.1 Lior vor einer Wahl: Risiko oder Sicherheit?

Die glühende Hitze der Wüste Heliopolis umhüllte Lior Kemet wie ein erdrückender Schleier, während er vor dem geheimen Eingang stand, den er entdeckt hatte. Der schmale Spalt in der Felswand schien ihn herauszufordern, als ob die Pyramiden selbst ihn aufforderten, das Unbekannte zu betreten. In seinem Inneren tobte ein Sturm aus Zweifeln und Ängsten. Was würde er finden, wenn er den Schritt wagte? War es das Risiko wert, das Geheimnis zu lüften, oder würde er damit die Sicherheit seiner Welt gefährden?

Für Lior waren die Pyramiden mehr als nur alte Monumente; sie symbolisierten die verlorene Verbindung zu seinem Vater, der in einem ähnlichen Abenteuer verschwunden war. Diese Erinnerungen schmerzten wie frische Wunden, und jedes Mal, wenn er an die Pyramiden dachte, spürte er die Last der Verantwortung auf seinen Schultern. Die Fragen, die sich ihm stellten, waren überwältigend: Was, wenn er die Wahrheit entdeckte und diese Wahrheit das Gleichgewicht der Welt ins Wanken brachte? Was, wenn er nicht nur sein eigenes Schicksal, sondern auch das Schicksal der Pyramiden und der Menschheit gefährdete?

Sein Blick fiel auf den Eingang, der in die Dunkelheit führte. Es war eine Einladung, aber auch eine Warnung. Die Geschichten über die Pyramiden, die er gehört hatte, flogen wie Schatten durch seinen Kopf. Seraphina Almaso, die rivalisierende Historikerin, hatte oft betont, dass die Pyramiden Gefängnisse uralter Götter seien. Was, wenn sie recht hatte? Was, wenn die Entdeckung, die er anstrebte, die Rückkehr dieser Götter aus ihrem Schlaf bedeutete? Ein Schauer lief ihm über den Rücken, als er sich die Konsequenzen vorstellte.

"Lior, du musst dich entscheiden", murmelte er leise zu sich selbst. "Risiko oder Sicherheit?" Diese Frage nagte an ihm, während er die kühle Brise spürte, die aus dem Eingang strömte. Sie schien ihn zu rufen, als ob sie ihm versicherte, dass dort Antworten lagen, die er so verzweifelt suchte. Doch der Preis des Wissens war hoch, und die Möglichkeit, dass er alles verlieren könnte, hielt ihn zurück.

Er erinnerte sich an die Worte seines Vaters: "Wissen ist Macht, Lior, aber es kann auch eine Last sein." Diese Worte hallten in seinem Kopf wider, während er sich an die unzähligen Nächte erinnerte, die er mit dem Studium alter Texte und Artefakte verbracht hatte. Er hatte immer geglaubt, dass die Pyramiden die Schlüssel zu vergessenen Wahrheiten waren, aber jetzt, da er am Rand des Unbekannten stand, wurde ihm klar, dass das Wissen, das er suchte, auch das Ende seiner Welt bedeuten könnte.

Die Entscheidung, die vor ihm lag, war nicht nur eine Frage des Abenteuers; sie war eine Frage des Glaubens. Glaubte er an die Möglichkeit, dass die Pyramiden mehr waren als nur Stein und Mörtel? Glaubte er daran, dass die Geheimnisse, die sie bargen, die Menschheit befreien oder sie ins Verderben stürzen könnten? Während er über all dies nachdachte, spürte er, wie seine Angst in Entschlossenheit umschlug. Er wusste, dass er nicht einfach wegsehen konnte. Die Neugier, die ihn so lange angetrieben hatte, war stärker als die Furcht.

Mit einem tiefen Atemzug trat Lior näher an den Eingang heran. Der kühle Luftzug, der ihm entgegenströmte, fühlte sich an wie ein Versprechen. Er war bereit, das Risiko einzugehen, auch wenn es bedeutete, alles zu verlieren. Die Pyramiden hatten ihn gerufen, und er konnte nicht widerstehen. Er musste wissen, was sich hinter diesem geheimen Eingang verbarg, selbst wenn es ihn an den Rand des Abgrunds führte.

In diesem Moment wurde ihm klar, dass jede Entscheidung, die er traf, nicht nur ihn, sondern auch Seraphina und die gesamte Welt beeinflussen würde. Die Verantwortung, die auf seinen Schultern lastete, war enorm, und er wusste, dass er die Konsequenzen seiner Wahl tragen musste. Doch trotz aller Zweifel und Ängste war er entschlossen, den ersten Schritt zu wagen. Denn manchmal war das größte Risiko, das man eingehen konnte, das Risiko, nichts zu tun.

Mit einem letzten Blick auf die glühenden Pyramiden hinter sich trat Lior in die Dunkelheit ein, bereit, sich den Geheimnissen zu stellen, die darauf warteten, entdeckt zu werden. Und während er in die unbekannte Tiefe trat, spürte er, dass dies der Beginn eines Abenteuers war, das sein Leben für immer verändern würde.

11.2 Seraphinas wachsende Zweifel: Was ist der Preis?

In der schattigen Ecke der unterirdischen Kammer stand Seraphina Almaso, umgeben von den Überresten einer längst vergessenen Zivilisation. Rätselhafte Symbole bedeckten die Wände und erzählten Geschichten, die sie nur erahnen konnte. Ihr Herz pochte heftig, während sie die alten Schriften betrachtete, die Lior und sie entdeckt hatten. Sie fühlte sich hin- und hergerissen zwischen dem, was sie geglaubt hatte, und dem, was sich ihr nun offenbarte. Die Pyramiden, die sie einst als Gefängnisse uralter Götter betrachtet hatte, schienen jetzt mehr zu sein – ein Puzzle, das darauf wartete, gelöst zu werden.

Die Worte, die sie vor kurzem gelesen hatte, schwirrten in ihrem Kopf. "Die Pyramiden sind nicht nur Monumente, sondern auch Schlüssel zu vergessenen Wahrheiten." Diese Erkenntnis stellte alles in Frage, was sie über ihre Theorien gewusst hatte. Was, wenn die Götter, die sie für tot hielt, tatsächlich noch lebendig waren? Was, wenn die Macht, die sie suchte, nicht nur Wissen, sondern auch Verantwortung bedeutete? Die Ungewissheit nagte an ihr wie ein hungriger Schatten, der nicht weichen wollte.

Seraphina erinnerte sich an die leidenschaftlichen Debatten mit Lior. Oft hatte er sie herausgefordert, ihre Ansichten zu hinterfragen, und sie hatte ihn für seine Naivität verspottet. Doch jetzt, in dieser Kammer, wo die Vergangenheit greifbar war, fühlte sie sich klein und verletzlich. Ihre Überzeugungen, die sie so fest umklammert hatte, begannen zu bröckeln. War es möglich, dass sie die Wahrheit nicht kannte? Dass ihre Theorien, die sie mit solcher Überzeugung verteidigt hatte, auf Sand gebaut waren?

Ein leiser Seufzer entglitt ihren Lippen, während sie an die Konsequenzen ihrer Entscheidungen dachte. Wenn sie sich irrte, was würde das für ihre Karriere bedeuten? Für ihre Beziehung zu Lior? Der Gedanke, als Betrügerin dazustehen, ließ sie frösteln. Doch die Möglichkeit, die Wahrheit zu entdecken, war verlockend. Sie wollte nicht nur eine Historikerin sein, die alte Geschichten erzählt; sie wollte die Wahrheit ans Licht bringen, egal wie schmerzhaft sie sein mochte.

In diesem Moment spürte sie eine Welle der Entschlossenheit. Sie musste herausfinden, was die Pyramiden wirklich waren. Aber der Preis dafür könnte hoch sein. War sie bereit, alles zu riskieren? Ihre Überzeugungen, ihre Karriere, vielleicht sogar ihr Leben? Die Fragen drängten sich in ihrem Kopf, während sie den Blick auf die geheimnisvollen Symbole richtete, die vor ihr leuchteten. Jeder von ihnen schien ein Geheimnis zu bergen, das darauf wartete, entschlüsselt zu werden.

"Seraphina?", hörte sie Lior hinter sich rufen. Sein besorgter Ton ließ sie zusammenzucken. "Bist du okay?"

Sie drehte sich um und sah ihn an. Sein Gesicht war von Sorge gezeichnet, und in seinen Augen lag eine Tiefe, die sie nicht ignorieren konnte. In diesem Moment erkannte sie, dass sie nicht allein war. Lior kämpfte ebenfalls mit seinen eigenen Dämonen, und sie waren beide auf der Suche nach Antworten. Vielleicht war dies der Schlüssel zu ihrer Zusammenarbeit – das Verständnis, dass sie beide in einem Sturm der Unsicherheit gefangen waren.

"Ich... ich weiß nicht, Lior", gestand sie schließlich. "Ich habe an meinen Überzeugungen gezweifelt. Was, wenn wir uns irren? Was, wenn die Pyramiden mehr sind als nur Gefängnisse?"

Sein Gesichtsausdruck veränderte sich, als er näher trat. "Das ist genau das, was wir herausfinden müssen. Wir können nicht zulassen, dass Zweifel uns aufhalten. Die Wahrheit wartet auf uns, und wir müssen bereit sein, sie zu akzeptieren, egal wie schmerzhaft sie sein mag."

Seine Worte gaben ihr einen Hauch von Zuversicht. Sie wusste, dass sie sich den Herausforderungen stellen musste, die vor ihnen lagen. Gemeinsam konnten sie die Geheimnisse der Pyramiden entschlüsseln und die Wahrheit ans Licht bringen. Aber was, wenn die Wahrheit die Welt, wie sie sie kannten, für immer verändern würde?

Seraphina atmete tief ein und spürte, wie sich eine neue Entschlossenheit in ihr regte. "Lass uns weitermachen", sagte sie schließlich, ihre Stimme fest. "Wir müssen die Pyramiden entschlüsseln, egal was es kostet."

Mit einem letzten Blick auf die alten Schriften und Symbole machte sie sich bereit, den nächsten Schritt in die Dunkelheit zu wagen. Der Preis für die Wahrheit war hoch, aber sie war bereit, ihn zu zahlen. Zusammen mit Lior würde sie die Geheimnisse der Pyramiden lüften und die Schatten der Vergangenheit hinter sich lassen.

11.3 Ein Plan wird geschmiedet: Hoffnung und Gefahr

In der geheimnisvollen Unterwelt der Kammer, wo das Licht wie ein schüchterner Besucher durch die Ritzen der alten Steine schimmerte, standen Lior und Seraphina Schulter an Schulter. Ihre Blicke hefteten sich auf die rätselhaften Symbole, die an den Wänden prangten, als ob sie lebendig wären und Geschichten aus längst vergangenen Zeiten flüsterten. Umgeben von den Geheimnissen der Pyramiden überkam sie eine Mischung aus Ehrfurcht und Furcht. Die Erkenntnis, dass sie nicht nur Entdecker, sondern auch Hüter dieser uralten Wahrheiten waren, lastete schwer auf ihren Schultern.

"Wir müssen einen Plan schmieden", sagte Lior, seine Stimme fest, doch ein Hauch von Unsicherheit schwang mit. "Wenn Drakon herausfindet, was wir entdeckt haben, wird er alles daran setzen, diese Macht für sich zu beanspruchen." Seraphina nickte, ihre grünen Augen funkelten vor Entschlossenheit. "Wir dürfen nicht zulassen, dass er die Kontrolle über die Pyramiden erlangt. Aber wie können wir das verhindern?"

Ein Blick zwischen ihnen offenbarte, dass sie mehr als nur Rivalen waren. Ihre gemeinsamen Ziele hatten sie zusammengeführt, und die Bedrohung durch Drakon hatte eine unerwartete Allianz geschmiedet. "Wir müssen die Geheimnisse der Pyramiden schützen", erklärte Lior. "Das bedeutet, dass wir die alten Schriften entschlüsseln und die Pyramiden selbst sichern müssen, bevor es zu spät ist."

Seraphina überlegte kurz und fuhr dann fort: "Wir könnten die Informationen, die wir haben, nutzen, um ein Ablenkungsmanöver zu starten. Wenn wir Drakon glauben lassen, dass wir die Macht gefunden haben, die er sucht, könnte er uns Zeit verschaffen, um die Pyramiden zu sichern."

"Das ist riskant", erwiderte Lior, während er nervös an seinem Schlüsselanhänger spielte. "Was, wenn er es herausfindet? Was, wenn wir ihn damit nur noch mehr provozieren?"

"Es gibt keine andere Wahl", sagte Seraphina, ihre Stimme fest. "Wir müssen bereit sein, alles zu riskieren. Wenn wir die Pyramiden verlieren, verlieren wir auch die Wahrheit, die sie bewahren. Und vielleicht sogar unsere eigenen Leben."

Ein Schauer lief Lior über den Rücken, als er an die Geschichten dachte, die er über die Pyramiden gehört hatte – Geschichten von Flüchen und uralten Göttern, die sich in den Schatten verbargen. "Was, wenn wir die Pyramiden aktivieren? Was, wenn wir etwas wecken, das wir nicht kontrollieren können?"

"Wir müssen darauf vorbereitet sein", antwortete Seraphina. "Wir haben die Macht, die Geheimnisse zu bewahren, aber wir müssen auch bereit sein, die Konsequenzen zu tragen. Das ist der Preis des Wissens."

In diesem Moment, während die Dunkelheit um sie herum lauerte, spürten sie die Dringlichkeit ihrer Situation. Der Gedanke an Drakon, der unbarmherzig hinter ihnen her war, trieb sie an. Sie mussten handeln, und zwar schnell. Lior trat einen Schritt näher zu Seraphina, und ihre Augen trafen sich. "Lass uns das gemeinsam tun", sagte er, und in seiner Stimme lag eine Entschlossenheit, die er zuvor nicht gekannt hatte.

"Gemeinsam", wiederholte Seraphina, und ein kleines Lächeln huschte über ihr Gesicht. In diesem Moment schien die Welt um sie herum zu verschwinden, und alles, was zählte, war die Mission, die sie sich vorgenommen hatten. Sie waren nicht länger Rivalen; sie waren Verbündete im Kampf gegen die Dunkelheit, die sich über die Pyramiden legte.

Als sie sich darauf vorbereiteten, ihren Plan in die Tat umzusetzen, spürten sie die Schwere der Verantwortung, die auf ihren Schultern lastete. Die Pyramiden waren mehr als nur Steine; sie waren Träger einer Geschichte, die darauf wartete, erzählt zu werden. Und während sie sich auf den Weg machten, um die Geheimnisse zu schützen, wusste jeder von ihnen, dass die Entscheidung, die sie getroffen hatten, nicht ohne Risiken war.

"Wir müssen uns beeilen", sagte Lior, als er die ersten Schritte in die Dunkelheit machte. "Die Zeit läuft uns davon." Seraphina folgte ihm, und während sie in die Schatten der Pyramiden eintauchten, spürten sie, dass ihre Reise gerade erst begonnen hatte. Die Gefahren, die vor ihnen lagen, waren unbekannt, und die Fragen, die sie aufwarfen, schienen endlos. Doch eines war sicher: Sie würden alles tun, um die Geheimnisse der Pyramiden zu schützen – koste es, was es wolle.

12
Rückkehr zur Kammer

12.1 Dunkelheit erneut betreten: Mut und Furcht

Die Schatten der Kammer umhüllten Lior und Seraphina, als sie den engen Eingang hinter sich schlossen. Ein eisiger Schauer durchzog Lior, während er den vertrauten, doch beunruhigenden Duft von feuchtem Stein und Staub einatmete. Die Wände schienen zu pulsieren, als ob die Kammer selbst lebendig wäre und die Geheimnisse, die sie barg, in ihrem Inneren bewahrte. Nervosität und Entschlossenheit hingen in der Luft, eine schwer greifbare Mischung, die beide Protagonisten in ihren Bann zog.

"Bist du bereit?", fragte Seraphina, ihre Stimme kaum mehr als ein Flüstern, das in der Dunkelheit verhallte. Ihre Augen leuchteten im schwachen Licht ihrer Taschenlampe, die sie vor sich hielt. Lior nickte, auch wenn seine innere Stimme ihm zuflüsterte, dass er vielleicht nicht bereit war. Er fühlte das Gewicht seiner Obsession, die ihn hierher geführt hatte, und die Schatten seiner Vergangenheit schienen ihn zu verfolgen.

"Wir müssen herausfinden, was hier verborgen ist", sagte Lior mit fester Stimme, um seine eigenen Zweifel zu zerstreuen. "Die Pyramiden sind mehr als nur Monumente. Sie sind Schlüssel zu etwas Größerem." Er dachte an die Geschichten, die sein Vater ihm erzählt hatte, an die Geheimnisse, die in den alten Steinen verborgen lagen. Doch die Erinnerungen waren bittersüß, durchzogen von dem Schmerz des Verlustes. Was, wenn er wie sein Vater endete, verloren in der Dunkelheit, ohne jemals die Wahrheit zu finden?

Seraphina trat näher, ihre Hand berührte leicht seinen Arm. "Wir müssen vorsichtig sein. Es gibt Dinge, die wir nicht verstehen können." Ihre Stimme war fest, aber Lior konnte die Unsicherheit spüren, die darunter lag. Sie war nicht nur eine Rivalin; sie war auch eine Verbündete, die in diesem Moment die gleiche Angst teilte. Gemeinsam traten sie weiter in die Dunkelheit, jeder Schritt ein weiterer Beweis für ihren Mut und ihre Entschlossenheit.

Die Kammer war größer als Lior erwartet hatte. Alte Hieroglyphen zierten die Wände, und die Luft war schwer von der Geschichte, die sie atmeten. Lior ließ seinen Blick über die Symbole gleiten, die Geschichten von Göttern und Menschen erzählten, von Macht und Ohnmacht. "Sieh dir das an", murmelte er, während er auf ein besonders komplexes Relief deutete. "Das könnte der Schlüssel zu den Geheimnissen sein, die wir suchen."

Seraphina trat näher, ihre Augen funkelten vor Neugier. "Aber was, wenn es auch ein Fluch ist? Was, wenn wir die Götter wecken, die hier gefangen sind?" Ihre Worte hallten in der Stille wider, und für einen Moment schien die Dunkelheit um sie herum dichter zu werden. Lior spürte, wie sich ein Kloß in seinem Hals bildete. Die Vorstellung, dass sie möglicherweise nicht allein waren, war beängstigend.

"Wir müssen es herausfinden", sagte Lior entschlossen. "Wir können nicht zurückweichen. Die Wahrheit ist da draußen, und wir sind die Einzigen, die sie finden können." Er fühlte, wie sich seine Entschlossenheit verstärkte, während er Seraphinas besorgten Blick sah. In diesem Moment wusste er, dass sie nicht nur gegen die Dunkelheit der Kammer kämpften, sondern auch gegen die Dunkelheit in ihren eigenen Herzen.

Mit jedem Schritt tiefer in die Kammer spürten sie die Herausforderungen, die vor ihnen lagen. Lior musste sich seinen Ängsten stellen, während Seraphina versuchte, ihren Glauben an das Übernatürliche mit der Realität der Artefakte zu vereinen, die sie entdeckten. Die Themen von Mut und Entschlossenheit wurden in diesem Moment greifbar, als sie sich gegenseitig unterstützten und ermutigten, weiterzumachen.

Plötzlich hörten sie ein Geräusch, ein leises Knacken, das durch die Stille schnitt. Lior und Seraphina hielten inne, ihre Herzen schlugen schneller. "Was war das?", flüsterte Seraphina, ihre Stimme zitterte leicht. Lior drehte sich um, seine Sinne geschärft. Die Dunkelheit schien sich um sie zu verdichten, und die Schatten tanzten an den Wänden, als ob sie lebendig wären.

"Ich weiß es nicht", antwortete Lior, während er seine Taschenlampe in die Richtung des Geräuschs richtete. "Aber wir müssen vorsichtig sein." Sie waren an einem Punkt angekommen, an dem jeder Schritt, jede Entscheidung, die sie trafen, das Schicksal ihrer Suche bestimmen konnte. Die Dunkelheit war nicht nur ein physischer Raum, sondern auch ein Symbol für die Ängste und Geheimnisse, die sie entblättern mussten.

In diesem Moment wurde ihnen klar, dass sie nicht nur die Geheimnisse der Pyramiden entschlüsseln wollten, sondern auch die Geheimnisse ihrer eigenen Herzen. Und so traten sie weiter in die Dunkelheit, bereit, sich den Herausforderungen zu stellen, die vor ihnen lagen, entschlossen, die Wahrheit zu finden, egal zu welchem Preis.

12.3 Der entscheidende Augenblick: Alles auf dem Spiel

In der umhüllenden Dunkelheit der Kammer schien eine geheimnisvolle Präsenz Lior und Seraphina zu umarmen, während sie sich mutig an den Rand des Unbekannten wagten. Die Wände waren mit rätselhaften Hieroglyphen bedeckt, die im flackernden Licht ihrer Fackeln zu pulsieren schienen. Jeder Schritt, den sie setzten, durchbrach die jahrtausendelange Stille, und das Echo ihrer Schritte hallte wie ein Flüstern aus einer längst vergangenen Zeit. In diesem entscheidenden Moment standen sie vor der Wahl, alles auf die Karte zu setzen, um die Geheimnisse der Pyramiden zu entschlüsseln.

"Was, wenn wir nicht zurückkehren?" fragte Seraphina, ihre Stimme kaum mehr als ein Hauch, der in der dichten Luft verschwand. Lior spürte, wie sich die Anspannung zwischen ihnen verdichtete. Er hatte ihre Zweifel stets respektiert, doch jetzt, in dieser kritischen Stunde, musste er stark sein. "Wir müssen es versuchen, Seraphina. Die Antworten, die wir suchen, sind hier. Wir können nicht zulassen, dass Drakon uns zuvor kommt."

Seraphina nickte, aber ihre Augen verrieten eine innere Zerrissenheit. Sie hatte immer an das Übernatürliche geglaubt, an die Macht der Götter, die in diesen Mauern gefangen waren. Doch je tiefer sie in die Geheimnisse der Pyramiden vordrangen, desto mehr stellte sie ihre eigenen Überzeugungen in Frage. "Wenn wir die Wahrheit finden, was wird dann aus uns? Was, wenn wir etwas entfesseln, das wir nicht kontrollieren können?"

"Dann müssen wir bereit sein, die Konsequenzen zu tragen", erwiderte Lior, seine Stimme fest und entschlossen. "Wir sind hier, um die Wahrheit zu suchen, nicht um zu fliehen." Mit einem tiefen Atemzug trat er näher an die Wand, wo sich ein weiteres Symbol abzeichnete, das wie ein Schlüssel aussah. Es war, als würde es ihn rufen, und er konnte die Verbindung zwischen diesem Artefakt und den Geheimnissen der Pyramiden spüren.

"Sieh dir das an!" rief er und deutete auf das Symbol. "Das könnte der Schlüssel sein, den wir brauchen, um die Kammer zu öffnen!" Seine Augen leuchteten vor Aufregung, während er die alten Zeichen studierte. Seraphina trat an seine Seite, und gemeinsam begannen sie, die Hieroglyphen zu entschlüsseln. Je mehr sie entdeckten, desto klarer wurde ihnen, dass sie am Rande einer Entdeckung standen, die alles verändern könnte.

Doch die Dringlichkeit der Situation nagte an ihnen. Drakon war nicht weit entfernt, und sie wussten, dass die Zeit gegen sie arbeitete. "Wir müssen uns beeilen", sagte Seraphina, während sie hastig die Symbole nachzeichnete. "Wenn er uns findet, bevor wir die Geheimnisse lüften, wird er alles zerstören, wofür wir kämpfen."

Ein Schauer lief Lior über den Rücken, als er an die drohende Gefahr dachte. Die Pyramiden waren nicht nur Monumente der Vergangenheit; sie waren auch Gefängnisse für uralte Mächte, und sie mussten sicherstellen, dass diese Kräfte nicht in die falschen Hände fielen. "Lass uns das Rätsel lösen, bevor es zu spät ist", forderte er sie auf, seine Entschlossenheit war ansteckend.

In diesem entscheidenden Augenblick, als sie zusammenarbeiteten, um die Geheimnisse zu entschlüsseln, spürten sie eine wachsende Verbindung zueinander. Ihre Rivalität schien in den Hintergrund zu treten, während sie sich auf das konzentrierten, was wirklich zählte: die Wahrheit. "Wir schaffen das, Lior", sagte Seraphina, und für einen Moment schien die Angst zu weichen, ersetzt durch ein Gefühl von Hoffnung und Entschlossenheit.

Doch gerade als sie das letzte Stück des Puzzles fanden, ertönte ein lautes Geräusch, das die Stille durchbrach. Ein Schatten fiel über sie, und die Dunkelheit schien sich zusammenzuziehen. "Drakon!" rief Lior, als die Realität ihrer Situation sie mit voller Wucht traf. "Wir müssen jetzt handeln!"

Mit einem letzten Blick auf die Hieroglyphen, die sie entschlüsselt hatten, ergriffen sie die Initiative. Sie wussten, dass sie alles auf die Karte setzen mussten, um die Geheimnisse der Pyramiden zu bewahren. Die Dringlichkeit und das Gefühl der Gefahr verstärkten die Spannung in der Luft, während sie sich auf das Unbekannte vorbereiteten. Die Entscheidung war gefallen, und sie waren bereit, alles zu riskieren.

Doch während sie sich dem Schatten näherten, der sich über die Kammer legte, war eine Frage in ihren Herzen verankert: Würden sie die Wahrheit finden oder alles verlieren? Die Ungewissheit schuf einen starken Cliffhanger, der die Neugier auf das nächste Kapitel anregte, während sie sich dem unvermeidlichen Konflikt stellten, der vor ihnen lag.

13
Enthüllungen und Opfer

13.1 Die Wahrheit über Liors Vater: Ein schockierendes Geheimnis

An diesem gnadenlosen Tag in der Wüste von Heliopolis brannte die Sonne unerbittlich auf die Pyramiden herab, während Lior Kemet in der staubigen Bibliothek seines kleinen Hauses saß. Alte Manuskripte und Karten, die er über die Jahre gesammelt hatte, lagen um ihn herum. Doch seine Gedanken wanderten nicht zu den Schriften; sie kreisten um seinen Vater, der vor vielen Jahren in einem ähnlichen Abenteuer verschwunden war. Der Gedanke daran schnürte ihm die Kehle zu und ließ ihn nicht los.

Die Geschichten, die sein Vater ihm erzählt hatte, hallten in seinem Gedächtnis wider – von den Geheimnissen der Pyramiden, von verborgenen Kammern und alten Göttern, die in der Dunkelheit lauerten. Lior hatte stets geglaubt, dass sein Vater eines Tages zurückkehren würde, um ihm die Geheimnisse zu enthüllen, die er entdeckt hatte. Doch mit jedem verstrichenen Tag wurde ihm klarer, dass die Hoffnung schwand.

Heute jedoch war etwas anders. Während er durch die alten Schriften blätterte, stieß er auf ein Dokument, das seine Aufmerksamkeit fesselte. Es handelte sich um einen handgeschriebenen Bericht eines Archäologen, der vor vielen Jahren die Pyramiden erkundet hatte. Seine Augen weiteten sich, als er die Worte las: "Der Fluch der Pyramiden ist real. Viele, die nach Wissen streben, haben ihre Seelen verloren." Ein kalter Schauer lief ihm über den Rücken. War das das Schicksal, das auch seinem Vater widerfahren war?

Die Gedanken wirbelten in seinem Kopf. Hatte sein Vater das Geheimnis entdeckt, das ihn in die Dunkelheit geführt hatte? War er einem Fluch zum Opfer gefallen, weil er nach der Wahrheit suchte? Diese Fragen nagten an ihm, während er sich an die letzten Tage erinnerte, die er mit seinem Vater verbracht hatte. Gemeinsam hatten sie die Pyramiden erkundet, und Lior hatte nie verstanden, warum sein Vater so besessen von ihnen war. Jetzt wusste er, dass es mehr gab, als er je ahnte.

Ein Geräusch riss ihn aus seinen Gedanken. Seraphina Almaso, die rivalisierende Historikerin, stand in der Tür. Ihre Augen funkelten vor Neugier, und Lior spürte die Spannung zwischen ihnen. "Was hast du gefunden?", fragte sie, während sie sich ihm näherte. Lior zögerte einen Moment, bevor er das Dokument hochhielt. "Es geht um meinen Vater", murmelte er, und die Worte fühlten sich schwer auf seiner Zunge an.

Seraphinas Gesichtsausdruck veränderte sich. "Deinen Vater? Der, der verschwunden ist?" Sie trat näher, und Lior bemerkte die Besorgnis in ihren Augen. "Ja, ich habe herausgefunden, dass er in der Nähe der Pyramiden geforscht hat. Er könnte in Gefahr gewesen sein. Ich muss herausfinden, was passiert ist."

Seraphina nickte, und für einen Moment schien die Rivalität zwischen ihnen zu schwinden. "Wir müssen zusammenarbeiten, Lior. Wenn dein Vater in Schwierigkeiten war, könnte es auch uns betreffen. Wir können nicht zulassen, dass die Pyramiden uns verschlingen." Ihre Stimme war fest, und Lior spürte, dass sie es ernst meinte.

Doch in seinem Inneren kämpfte er mit einer Flut von Emotionen. Die Angst um seinen Vater vermischte sich mit der Hoffnung, dass er noch leben könnte. Aber was, wenn die Wahrheit zu schmerzhaft war? Was, wenn er entdecken würde, dass sein Vater das gleiche Schicksal erlitten hatte wie die anderen, die von den Pyramiden verzehrt worden waren? Diese Gedanken ließen ihn nicht los.

"Ich kann nicht einfach aufgeben", sagte Lior schließlich, seine Stimme fest entschlossen. "Ich werde die Geheimnisse der Pyramiden entschlüsseln, egal, was es kostet." Seraphina sah ihn an, und in diesem Moment wusste er, dass sie ihn unterstützen würde, auch wenn sie unterschiedliche Ansichten über die Pyramiden hatten.

"Wir müssen uns beeilen", drängte sie. "Drakon wird nicht lange warten. Wenn er Wind von deinen Entdeckungen bekommt, wird er alles tun, um die Macht für sich zu beanspruchen." Lior nickte, und ein Gefühl der Dringlichkeit durchströmte ihn. Die Zeit drängte, und die Schatten der Vergangenheit drohten, ihn einzuholen.

Gemeinsam verließen sie die Bibliothek und traten in die sengende Hitze der Wüste hinaus. Die Pyramiden ragten majestätisch vor ihnen auf, und Lior fühlte, wie sich die Dunkelheit ihrer Geheimnisse um ihn schloss. Doch jetzt war er entschlossen, die Wahrheit zu finden – nicht nur für sich selbst, sondern auch für seinen Vater. Der Weg war gefährlich, aber er war bereit, alles zu riskieren, um die Geheimnisse zu lüften, die in den Schatten der Pyramiden verborgen lagen.

13.2 Seraphinas Enthüllung: Ein Wendepunkt in der Geschichte

Am Rand der unterirdischen Kammer verharrte Seraphina Almaso, während das Licht ihrer Taschenlampe über die Wände tanzte, die mit geheimnisvollen Hieroglyphen bedeckt waren. Ihr Herz schlug heftig, als sie die Worte las, die von einer längst vergessenen Zivilisation zeugten. Doch während sie sich auf die Entdeckungen konzentrierte, nagte eine tiefere Frage an ihr: Was, wenn alles, was sie geglaubt hatte, falsch war? Diese Gedanken schienen sich wie Schatten um sie zu legen, und die Dunkelheit der Kammer fühlte sich erdrückend an.

In den letzten Tagen hatte Seraphina ihre Überzeugungen über die Pyramiden immer wieder hinterfragt. Die Vorstellung, dass diese monumentalen Strukturen Gefängnisse für uralte Götter waren, hatte ihr Leben geprägt. Sie hatte sich in die Theorien vertieft, sie studiert und verteidigt, oft gegen die vehemente Opposition von Lior Kemet. Doch jetzt, da sie die Geheimnisse der Pyramiden selbst erlebte, begann sie zu zweifeln. War es wirklich so einfach? Waren die Pyramiden nicht auch Orte des Wissens, der Geschichte und der menschlichen Errungenschaften?

Als sie sich umdrehte, um Lior anzusehen, der gerade einen weiteren Hinweis untersuchte, spürte sie, wie sich ihre Emotionen vermischten. Die Rivalität zwischen ihnen war stets von einer geheimen Anziehung begleitet gewesen, und jetzt, in dieser entscheidenden Phase ihrer Reise, schien sich alles zu intensivieren. Lior war nicht nur ein Konkurrent; er war jemand, der sie herausforderte, der sie dazu brachte, über den Tellerrand hinauszudenken. Doch was bedeutete das für ihre Beziehung? Und was, wenn sie sich irren würde?

Ein Geräusch ließ sie zusammenzucken. Lior hatte einen weiteren Stein verschoben, und hinter ihm offenbarte sich ein weiteres Geheimnis – eine Inschrift, die Seraphinas Herz schneller schlagen ließ. "Siehst du das?" rief er aus, seine Augen leuchteten vor Aufregung. "Das könnte der Schlüssel zu allem sein!"

Seraphina trat näher, aber ihre Gedanken waren bereits woanders. Was, wenn die Pyramiden tatsächlich mehr waren als nur Gefängnisse? Was, wenn sie die Wahrheit über die Menschheit enthielten? Die Worte, die sie gerade gelesen hatte, schienen sie an die Grenzen ihres Glaubens zu bringen. "Lior, was ist, wenn wir die falschen Fragen stellen? Was, wenn wir die Pyramiden nicht als Gefängnisse, sondern als Quellen des Wissens betrachten sollten?"

Die Worte kamen unüberlegt über ihre Lippen, und sie fühlte, wie sich eine neue Unsicherheit in ihr regte. Lior drehte sich zu ihr um, und für einen Moment schien die Zeit stillzustehen. "Was meinst du damit?" fragte er, seine Stimme war ein Gemisch aus Neugier und Skepsis. "Wir haben immer geglaubt, dass die Pyramiden uns vor den Göttern schützen sollen, nicht dass sie Wissen bewahren."

Seraphina spürte, wie sich ihre Überzeugungen in einem Sturm aus Fragen und Zweifeln auflösten. "Ich weiß es nicht," gestand sie. "Aber ich fühle, dass wir etwas übersehen. Vielleicht sind die Götter nicht unsere Feinde, sondern Teil eines größeren Ganzen." Ihre Stimme war leise, fast wie ein Flüstern, als sie die Möglichkeit aussprach, die sie in ihrem Herzen trug.

Der Ausdruck in Liors Augen veränderte sich, als er ihre Worte verarbeitete. "Wenn das wahr ist, dann bedeutet das, dass wir die Vergangenheit neu interpretieren müssen. Das könnte alles verändern." Die Spannung zwischen ihnen war greifbar, und Seraphina spürte, wie sich ihre Prioritäten verschoben. Die Rivalität, die sie einst angetrieben hatte, schien nun irrelevant. Was zählte, war die Suche nach der Wahrheit, die möglicherweise alle ihre Überzeugungen in Frage stellte.

Doch inmitten dieser emotionalen Turbulenzen war da auch die Angst. Angst, dass ihre Entdeckungen sie nicht nur voneinander, sondern auch von dem, was sie für richtig gehalten hatten, entfremden könnten. "Was, wenn wir die Götter wecken?" fragte sie leise, ihre Stimme zitterte. "Was, wenn wir Dinge ans Licht bringen, die besser im Dunkeln bleiben sollten?"

Lior trat näher, seine Augen fest auf sie gerichtet. "Wir müssen es herausfinden, Seraphina. Wir können nicht einfach weglaufen oder uns verstecken. Wenn wir die Wahrheit über die Pyramiden entdecken, müssen wir bereit sein, die Konsequenzen zu tragen." Seine Entschlossenheit war ansteckend, und Seraphina spürte, wie sich eine neue Hoffnung in ihr regte.

In diesem Moment wurde ihr klar, dass ihre Reise nicht nur eine Suche nach Wissen war, sondern auch eine Reise zu sich selbst. Sie mussten nicht nur die Geheimnisse der Pyramiden entschlüsseln, sondern auch die ihrer eigenen Herzen. Und während sie in die Dunkelheit der Kammer vordrangen, wusste Seraphina, dass sie bereit war, alles zu riskieren, um die Wahrheit zu finden – selbst wenn das bedeutete, ihre Überzeugungen und ihre Beziehung zu Lior in Frage zu stellen.

13.3 Ein notwendiges Opfer: Was ist zu verlieren?

Die Dunkelheit der Kammer umhüllte Lior und Seraphina wie ein schwerer Schleier, während sie den schockierenden Enthüllungen über die Pyramiden gegenüberstanden. Ihre Herzen schlugen im Einklang mit der drückenden Stille, die nur von dem leisen Echo ihrer Atemzüge durchbrochen wurde. Lior spürte, wie sich eine Kälte in ihm ausbreitete, als die Worte, die sie gerade gehört hatten, in seinem Kopf nachhallten. Die Pyramiden waren nicht nur Monumente der Vergangenheit; sie waren Gefängnisse für uralte Götter, deren Macht und Zorn unvorstellbar waren.

"Was sind wir bereit zu opfern, um diese Geheimnisse zu entschlüsseln?" fragte Seraphina, ihre Stimme zitterte vor Anspannung. Lior sah sie an, und in ihren grünen Augen spiegelte sich die gleiche Furcht wider, die auch in seinem Herzen brannte. Sie standen am Rand eines Abgrunds, und die Entscheidung, die sie treffen mussten, würde nicht nur ihr Schicksal, sondern das Schicksal der Welt beeinflussen.

Die Erinnerungen an Liors Vater schossen ihm durch den Kopf – der Mann, der sein Leben der Suche nach Wissen gewidmet hatte und dabei verschwunden war. War er damals bereit gewesen, alles zu riskieren? Lior fühlte, wie die Last dieser Fragen ihn erdrückte. "Ich kann nicht einfach wegsehen", murmelte er, während er den Blick auf die Pyramiden richtete, die sich majestätisch und doch bedrohlich vor ihnen erhoben. "Wenn wir nicht handeln, wird das, was hier verborgen liegt, für immer verloren sein."

Seraphina trat näher, ihre Präsenz strahlte sowohl Stärke als auch Verletzlichkeit aus. "Aber was, wenn wir etwas verlieren, das wir nicht zurückbekommen können? Was, wenn wir uns selbst verlieren?" Ihre Stimme war ein Flüstern, das die Luft um sie herum durchdrang. Lior wusste, dass sie recht hatte. Die Wahrheit, die sie suchten, könnte sie nicht nur ihre Überzeugungen kosten, sondern auch ihr Leben und ihre Seelen.

Ein kurzer Moment der Stille folgte, in dem beide über die Schwere ihrer Situation nachdachten. Lior spürte, wie sich die Kluft zwischen ihnen schloss, während sie gemeinsam in die Dunkelheit blickten. "Wir müssen es versuchen", sagte er schließlich, seine Stimme fest und entschlossen. "Wir können nicht zulassen, dass Drakon die Kontrolle über die Pyramiden gewinnt. Wir müssen die Wahrheit ans Licht bringen, egal zu welchem Preis."

Seraphina nickte, und in diesem Augenblick wurde die Rivalität zwischen ihnen von einem Gefühl der Einheit überwältigt. Sie waren nicht mehr nur zwei konkurrierende Geister, sondern Verbündete in einem gefährlichen Spiel. "Ich bin bereit, alles zu riskieren", gestand sie, und ihre Augen funkelten vor Entschlossenheit. "Aber wir müssen sicherstellen, dass wir uns gegenseitig nicht verlieren."

Die Dunkelheit um sie herum schien sich zu verdichten, als ob die Pyramiden selbst ihre Entscheidung abwogen. Lior und Seraphina standen am Scheideweg, und die Schatten der Vergangenheit schienen sie zu beobachten. Der Fluch, der auf den Pyramiden lastete, war real, und sie mussten sich der Gefahr stellen, die mit ihrem Streben nach Wissen verbunden war.

"Was ist, wenn wir nicht nur unsere Überzeugungen, sondern auch unsere Leben opfern müssen?" fragte Lior, seine Stimme war kaum mehr als ein Flüstern. Seraphina sah ihn an, und in ihren Augen lag eine Mischung aus Angst und Mut. "Dann müssen wir sicherstellen, dass unser Opfer nicht umsonst ist. Wir müssen die Wahrheit finden, bevor es zu spät ist."

Mit einem letzten Blick auf die Pyramiden, die in der Dunkelheit thronten, wussten sie, dass sie sich auf einen gefährlichen Pfad begaben. Die Entscheidungen, die sie jetzt trafen, würden nicht nur ihre eigenen Schicksale bestimmen, sondern auch das Schicksal der Welt, wie sie sie kannten. In diesem Moment war die Dringlichkeit ihrer Mission greifbar, und die Frage, welches Opfer sie bereit waren zu bringen, würde sie für immer verfolgen.

Die Spannung in der Luft war elektrisierend, und als sie sich auf den Weg machten, um die Geheimnisse der Pyramiden zu entschlüsseln, fühlten sie das Gewicht der Geschichte auf ihren Schultern. Was auch immer auf sie wartete, sie waren bereit, sich der Herausforderung zu stellen. Doch in ihren Herzen nagte die Ungewissheit: Was würden sie verlieren, um die Wahrheit zu finden?

14
Der letzte Schlüssel zur Macht

14.1 Der Schlüssel zur Macht: Ein entscheidendes Artefakt

Unbarmherzig brannte die Sonne auf die Pyramiden von Heliopolis, während Lior Kemet und Seraphina Almaso sich dem geheimen Eingang näherten, den sie so mühsam entdeckt hatten. Die Luft war schwer von der drückenden Hitze, und ein sanfter Wind trug den feinen Staub der Wüste mit sich. Ihre Herzen schlugen schneller, als sie sich in die Dunkelheit wagten, die hinter dem schmalen Spalt in der Felswand lauerte. Was würde sie dort erwarten? Ein weiteres Rätsel, das gelöst werden musste, oder vielleicht die Antwort auf Fragen, die sie sich seit Jahren stellten?

"Hier ist es", flüsterte Lior, während er mit zitternden Händen eine Fackel entzündete. Das Licht flackerte und warf tanzende Schatten an die Wände der Kammer, die sie betraten. "Wir müssen vorsichtig sein. Wir wissen nicht, was uns hier erwartet."

Seraphina nickte, ihre grünen Augen leuchteten vor Aufregung und Angst zugleich. "Wenn wir den Schlüssel zur Macht finden, könnte das alles verändern. Es könnte die Geschichte der Menschheit beeinflussen." Ihre Stimme war fest, doch die Unsicherheit schwang mit. Sie hatte nie an die Legenden geglaubt, die besagten, dass die Pyramiden mehr waren als nur Grabstätten. Doch jetzt, in diesem Moment, spürte sie die Schwere der Verantwortung, die auf ihren Schultern lastete.

Die Kammer war größer als sie erwartet hatten, und die Wände waren mit Hieroglyphen bedeckt, die Geschichten aus einer längst vergangenen Zeit erzählten. Lior trat näher, seine Finger strichen über die kühlen Steine. "Sie erzählen von einem Artefakt, einem Schlüssel, der die Macht hat, die Welt zu verändern", murmelte er. "Es heißt, dass er hier verborgen ist, tief in den Geheimnissen dieser Pyramiden."

"Aber was bedeutet das für uns?" fragte Seraphina, während sie sich umblickte. "Was, wenn wir nicht die Einzigen sind, die danach suchen? Thaddeus Drakon wird nicht weit entfernt sein, und er wird alles tun, um diesen Schlüssel in die Hände zu bekommen."

Die Erinnerung an Drakons skrupellose Machenschaften ließ ein Frösteln über Liors Rücken laufen. Er wusste, dass sie in einem Wettlauf gegen die Zeit waren. "Wir müssen schneller sein als er", sagte er entschlossen. "Wenn wir diesen Schlüssel finden, könnten wir nicht nur die Wahrheit über die Pyramiden enthüllen, sondern auch verhindern, dass er in die falschen Hände gerät."

Seraphina trat näher, ihre Augen funkelten vor Entschlossenheit. "Wir müssen zusammenarbeiten, Lior. Unsere Rivalität muss jetzt beiseitegelegt werden. Es geht um mehr als nur unsere Theorien; es geht um die Zukunft."

Ein kurzer Moment der Stille folgte, in dem beide die Schwere ihrer Worte begriffen. Lior nickte, und in diesem Augenblick schien eine unsichtbare Barriere zwischen ihnen zu zerbrechen. Gemeinsam waren sie stärker, und das Ziel, das vor ihnen lag, war größer als ihre persönlichen Differenzen.

Sie begannen, die Kammer systematisch zu durchsuchen. Artefakte lagen verstreut, und jeder Schritt, den sie machten, schien die Luft um sie herum elektrisierend aufzuladen. Lior fand einen alten Stein, der anders aussah als die anderen. "Sieh dir das an", rief er und hielt den Stein ins Licht. "Das könnte der Schlüssel sein!"

Seraphina trat näher, ihre Neugier überwältigte ihre Skepsis. "Was steht darauf?" fragte sie, während sie über Liors Schulter blickte. Die Inschriften waren in einer Sprache verfasst, die sie beide nicht vollständig verstanden, aber die Symbole schienen lebendig zu sein, pulsierend mit einer Kraft, die sie nicht ignorieren konnten.

"Es ist ein Hinweis", murmelte Lior, während er versuchte, die Zeichen zu entziffern. "Es spricht von einem Ritual, das durchgeführt werden muss, um die Macht des Schlüssels zu aktivieren. Aber es gibt auch Warnungen..."

"Warnungen?" Seraphinas Stimme wurde leiser, und ein kalter Schauer lief ihr über den Rücken. "Was für Warnungen?"

"Etwas über einen Fluch", antwortete Lior, während er weiter las. "Etwas, das diejenigen trifft, die versuchen, die Macht zu missbrauchen. Wir müssen vorsichtig sein, Seraphina. Die Vergangenheit hat ihre Schatten, und wir könnten in etwas hineinziehen, das wir nicht kontrollieren können."

Die Spannung in der Luft war greifbar, und die Dringlichkeit ihrer Entdeckung wurde immer deutlicher. Sie standen am Rand eines Abgrunds, und jeder Schritt könnte sie entweder in die Dunkelheit führen oder ihnen das Licht der Wahrheit bringen. Lior und Seraphina waren bereit, alles zu riskieren, um den letzten Schlüssel zur Macht zu finden – und damit die Verantwortung zu übernehmen, die mit dieser Entdeckung einherging.

"Lass uns das tun", sagte Seraphina schließlich, ihre Stimme fest und entschlossen. "Für die Wahrheit und für die Menschheit."

Mit einem letzten Blick auf den geheimnisvollen Stein und die drohende Dunkelheit hinter ihnen, traten sie gemeinsam in die Ungewissheit, bereit, sich den Herausforderungen zu stellen, die vor ihnen lagen.

2.2 Konflikte über die Pyramiden: Zwei Welten prallen aufeinander

In der Dämmerung hüllte ein goldenes Licht die Wüste von Heliopolis, während Lior und Seraphina sich erneut gegenüberstanden. Der Wind trug feinen Sand mit sich, und die Tageshitze schien in der kühlen Abendluft zu verschwinden. Doch die Spannung zwischen ihnen war greifbar, wie ein unsichtbares Band, das sie sowohl anzog als auch abstoßend wirkte. Lior spürte, wie sein Herz schneller schlug, als er Seraphinas herausfordernden Blick erwiderte.

"Die Pyramiden sind mehr als nur Monumente", begann Lior, seine Stimme fest und entschlossen. "Sie sind Schlüssel zu vergessenen Wahrheiten, zu einem Wissen, das die Menschheit dringend braucht." Seine Augen funkelten vor Leidenschaft, während er die Worte aussprach, die ihn seit Jahren antrieben. Er wollte, dass Seraphina seine Überzeugungen verstand, dass sie seine Sichtweise teilte.

Seraphina schüttelte den Kopf, ihre langen, dunklen Haare fielen ihr über die Schultern. "Und ich sage dir, dass sie Gefängnisse für uralte Götter sind! Du kannst nicht einfach die Geschichte ignorieren, die diese Stätten umgibt. Es gibt Mächte, die wir nicht verstehen, und die Pyramiden sind nicht nur Relikte der Vergangenheit, sondern auch Warnungen für die Zukunft." Ihre Stimme war eindringlich, und Lior konnte die Leidenschaft in ihren Worten spüren.

Die Diskussion zwischen ihnen eskalierte, als sie sich über die Bedeutung der Pyramiden stritten. Lior vertrat die Sichtweise, dass die Pyramiden historische Artefakte sind, während Seraphina an das Übernatürliche glaubte. "Du bist so blind für die Realität, Lior! Glaubst du wirklich, dass wir einfach in die Vergangenheit zurückkehren können, ohne die Konsequenzen zu bedenken?" Sie trat einen Schritt näher, ihre Augen funkelten vor Entschlossenheit.

"Und du bist so gefangen in deinen Mythen, dass du die Fakten nicht sehen kannst! Die Pyramiden sind ein Teil unserer Geschichte, und ich werde nicht zulassen, dass du sie in etwas verwandelst, das sie nicht sind!" Lior spürte, wie seine Geduld zu schwinden begann. Er wollte nicht nur für seine Überzeugungen kämpfen, sondern auch für die Wahrheit, die er in den Pyramiden sah.

Seraphina, die den Zorn in Liors Stimme hörte, fühlte sich verletzt. Sie hatte das Gefühl, dass er ihre Ansichten nicht respektierte, und das machte sie wütend. "Es geht nicht nur um dich, Lior! Es geht um die Menschen, die durch das, was wir entdecken, beeinflusst werden könnten. Wir müssen vorsichtig sein!" Ihre Stimme war jetzt leiser, aber die Intensität ihrer Emotionen war unverändert.

Ein Moment der Stille trat ein, in dem beide Charaktere ihre Differenzen spürten. Lior atmete tief ein, versuchte, seine Wut zu zügeln. "Ich verstehe deine Bedenken, Seraphina. Aber wir können nicht zulassen, dass Angst uns davon abhält, die Wahrheit zu suchen. Wir müssen zusammenarbeiten, um die Geheimnisse der Pyramiden zu entschlüsseln."

Seraphina sah ihn an, und in diesem Augenblick erkannte sie, dass ihre Rivalität auch eine Quelle der Stärke sein konnte. "Vielleicht hast du recht", gestand sie zögernd. "Aber wir müssen uns darauf einigen, dass wir die Dinge unterschiedlich angehen. Deine Neugier darf nicht blind machen für die Gefahren, die wir möglicherweise entfesseln."

"Einverstanden", antwortete Lior, seine Stimme ruhiger. "Wir müssen einen Weg finden, unsere Theorien zu vereinen. Nur so können wir die Pyramiden wirklich verstehen."

Diese Vereinbarung war ein Wendepunkt in ihrer Beziehung. Während sie sich weiterhin über die Pyramiden austauschten, bemerkten sie, dass ihre Rivalität in Zusammenarbeit umschlug. Lior und Seraphina begannen, ihre Differenzen zu überwinden und sich auf ihre gemeinsame Mission zu konzentrieren. Diese Entwicklung verstärkte die Themen von Vertrauen und Zusammenarbeit und zeigte, wie die Charaktere sich weiterentwickelten.

Doch während sie sich auf ihre gemeinsame Aufgabe konzentrierten, blieb die drängende Frage im Raum stehen: Was würden sie entdecken, wenn sie tiefer in die Geheimnisse der Pyramiden eintauchten? Und welche Gefahren könnten sie dabei entblößen? Die Nacht senkte sich über die Wüste, und mit ihr kam das Gefühl, dass ihre Entdeckungsreise gerade erst begonnen hatte.

14.3 Der Fluch wird aktiviert: Die Zeit läuft ab

Ein frostiger Hauch durchzog die unterirdische Kammer, während Lior und Seraphina der erschreckenden Wahrheit ins Auge sahen. Die Wände schienen zu pulsieren, als ob die Pyramiden selbst zum Leben erwacht wären, um die Geheimnisse zu enthüllen, die sie über Jahrtausende bewahrt hatten. Mit einem leisen Knacken und einem tiefen Grollen aktivierte sich der Fluch, der in den alten Schriften angedeutet worden war. Ein Gefühl der Dringlichkeit durchfuhr Lior, als er spürte, dass die Zeit gegen sie arbeitete.

"Wir müssen hier raus!" rief Seraphina, ihre Stimme zitterte vor Angst und Entschlossenheit. "Wenn der Fluch tatsächlich aktiviert wurde, könnte das alles verändern." Lior nickte, seine Gedanken rasten. Er erinnerte sich an die Worte seines Vaters, die er oft gehört hatte: "Die Macht der Vergangenheit ist nicht zu unterschätzen, Lior. Sie kann sowohl schützen als auch zerstören." Jetzt, in diesem Moment, fühlte er das Gewicht dieser Wahrheit wie nie zuvor.

Die Dunkelheit um sie herum schien dichter zu werden, als ob sie von einer unsichtbaren Kraft angezogen wurden. Lior trat einen Schritt zurück, seine Augen suchten nach einem Ausweg. "Was, wenn wir die Konsequenzen nicht kontrollieren können? Was, wenn wir etwas entfesseln, das wir nicht zurückhalten können?" Seraphina drehte sich zu ihm um, ihre grünen Augen funkelten vor Entschlossenheit. "Wir haben keine Wahl, Lior. Wir müssen herausfinden, was der Fluch bedeutet und wie wir ihn aufhalten können."

In diesem Moment spürte Lior eine Welle der Entschlossenheit, die ihn durchströmte. Es war nicht nur eine Frage des Wissens; es war eine Frage der Verantwortung. Die Pyramiden waren nicht nur Monumente der Vergangenheit, sondern lebendige Zeugen der Geschichte, die ihre Geheimnisse nur denjenigen offenbaren würden, die bereit waren, die Wahrheit zu akzeptieren. "Wenn wir das tun, müssen wir uns auch den Konsequenzen stellen", sagte er leise. "Wir könnten alles verlieren."

"Aber wir könnten auch alles gewinnen", erwiderte Seraphina, ihre Stimme war fest. "Wir sind nicht allein in diesem Kampf. Wir haben einander." Ihre Worte hallten in Lior wider, und er spürte, wie sich ihre Verbindung vertiefte. Trotz ihrer Rivalität hatten sie sich gegenseitig unterstützt, und jetzt, in diesem entscheidenden Moment, waren sie Verbündete. Gemeinsam würden sie sich den Herausforderungen des Fluchs stellen.

Plötzlich erhellte ein grelles Licht die Kammer, und die Luft begann zu vibrieren. "Das ist es!" rief Lior aus, als er die Quelle des Lichts entdeckte. Ein mystisches Symbol war auf dem Boden erschienen, leuchtend und pulsierend, als ob es die Energie der Pyramiden selbst kanalisiert. "Das ist der Schlüssel!" schrie er, während er sich dem Symbol näherte. Doch gleichzeitig spürte er die drohende Gefahr, die von der Aktivierung des Fluchs ausging. "Wir müssen schnell handeln!"

Seraphina trat an seine Seite, und gemeinsam begannen sie, die alten Inschriften zu entschlüsseln, die um das Symbol herum eingraviert waren. Ihre Hände zitterten vor Aufregung und Angst, während sie die Bedeutung der Worte zusammenfanden. "Es spricht von einem Opfer", murmelte Seraphina, ihre Stimme war kaum mehr als ein Flüstern. "Um den Fluch zu brechen, müssen wir etwas von uns selbst geben."

Lior fühlte, wie sein Herz schneller schlug. Was bedeutete das für sie? Was mussten sie opfern? "Wir können nicht einfach wegsehen", sagte er, während er Seraphinas Blick suchte. "Wenn wir das nicht tun, wird der Fluch die Welt verändern, wie wir sie kennen." Die Schwere seiner Worte hing in der Luft, und er wusste, dass sie sich entscheiden mussten, bevor es zu spät war.

"Wir müssen bereit sein, alles zu riskieren", sagte Seraphina schließlich, ihre Augen leuchteten vor Entschlossenheit. "Wir können nicht zulassen, dass die Vergangenheit uns kontrolliert. Wir müssen die Macht zurückgewinnen." Lior nickte, seine eigene Entschlossenheit wuchs. Gemeinsam würden sie sich dem Fluch stellen, egal welche Konsequenzen auf sie warteten.

Mit einem letzten Blick auf das pulsierende Symbol traten sie vor, bereit, die Herausforderungen anzunehmen, die vor ihnen lagen. Die Zeit lief ab, und die Pyramiden würden ihre Geheimnisse nur denjenigen offenbaren, die den Mut hatten, sich der Wahrheit zu stellen. Und so begaben sich Lior und Seraphina auf den gefährlichen Pfad, der nicht nur ihre Zukunft, sondern das Schicksal der gesamten Welt bestimmen würde.

15
Der Kampf um die Freiheit

15.2 Ein verzweifelter Kampf: Mut gegen Macht

Die unerbittliche Glut der Wüste umschlang Lior und Seraphina wie ein schwerer Umhang, während sie dem Schatten des majestätischen Pyramidenkomplexes entgegenstrebten. Ihre Herzen schlugen im Takt mit der dröhnenden Stille, die nur von den sporadischen Rufen der Wüstenvögel durchbrochen wurde. Thaddeus Drakon war nicht weit entfernt, und die drohende Gefahr seiner skrupellosen Machenschaften schwebte über ihnen wie ein dunkler Schatten.

"Wir müssen einen Plan schmieden", sagte Lior, seine Stimme fest, doch von innerer Unruhe durchzogen. "Drakon wird nicht zögern, uns zu stoppen, wenn er herausfindet, dass wir den Schlüssel zur Wahrheit gefunden haben."

Seraphina nickte, doch in ihren Augen funkelte ein Hauch von Zweifel. "Und was ist, wenn wir ihm nicht gewachsen sind? Er hat mehr Ressourcen und Einfluss als wir. Was, wenn unsere Suche nach Wissen uns nur ins Verderben führt?"

Diese Frage nagte an Lior. Er hatte Seraphina stets als die Starke betrachtet, die jeder Herausforderung gewachsen war. Doch jetzt, in diesem Moment der Unsicherheit, spürte er, dass auch sie verletzlich war. "Wir müssen zusammenarbeiten", betonte er. "Wenn wir uns gegenseitig unterstützen, können wir die Dunkelheit besiegen, die Drakon mit sich bringt."

Seraphina sah ihn an, und für einen flüchtigen Augenblick schien die Rivalität zwischen ihnen zu verblassen. "Du hast recht. Wir sind stärker, wenn wir vereint sind. Aber wie können wir Drakon aufhalten? Er kennt die Pyramiden und ihre Geheimnisse besser als wir."

"Wir müssen die Informationen nutzen, die wir bereits haben", schlug Lior vor. "Die alten Schriften, die wir gefunden haben, könnten Hinweise darauf geben, wie wir Drakon überlisten können. Wenn wir die Pyramiden aktivieren, könnte das die Machtverhältnisse verschieben."

Seraphina überlegte. "Aber was, wenn wir die Götter wecken, die in den Pyramiden gefangen sind? Wir wissen nicht, welche Kräfte wir entfesseln könnten."

"Das Risiko müssen wir eingehen", erwiderte Lior entschlossen. "Es gibt kein Zurück mehr. Wenn wir nichts tun, wird Drakon die Kontrolle über alles erlangen, was wir zu schützen versuchen."

Die Entscheidung fiel schwer, und beide waren sich der Tragweite ihrer Wahl bewusst. In diesem Moment der Unsicherheit wuchs jedoch auch das Vertrauen zwischen ihnen. Sie hatten ihre Differenzen überwunden und sich auf eine gemeinsame Mission konzentriert. Diese Entwicklung verstärkte die Themen von Vertrauen und Zusammenarbeit, die sie beide in den letzten Tagen gelernt hatten.

"Ich vertraue dir, Lior", sagte Seraphina schließlich, und ihre Stimme war leise, aber voller Entschlossenheit. "Lass uns gemeinsam gegen Drakon kämpfen. Wir müssen die Pyramiden erwecken und die Wahrheit ans Licht bringen."

Mit einem Nicken stimmte Lior zu. "Lass uns die Kammer betreten und die Geheimnisse lüften, die dort verborgen sind. Wir müssen die Götter beschwören, um ihre Macht zu nutzen und Drakon zu besiegen."

Sie schritten in die Dunkelheit der unterirdischen Kammer, wo die Wände mit geheimnisvollen Symbolen bedeckt waren, die im schwachen Licht ihrer Fackeln flimmerten. Die Luft war kühl und schwer, und die Atmosphäre war von einer unheimlichen Energie durchzogen. Hier, in diesem heiligen Raum, fühlten sie die Präsenz der alten Götter, die in den Schatten lauerten.

"Wir müssen die richtigen Worte finden, um sie zu erwecken", murmelte Seraphina, während sie die alten Schriften studierte. "Es könnte unser einziger Weg sein, Drakon zu besiegen."

Doch während sie sich auf die bevorstehenden Herausforderungen vorbereiteten, spürten sie beide, dass die Zeit gegen sie arbeitete. Drakon war näher als je zuvor, und sie mussten schnell handeln, um ihre Pläne in die Tat umzusetzen. Der verzweifelte Kampf um die Freiheit und das Wissen hatte begonnen, und die Pyramiden würden entscheiden, wer am Ende triumphieren würde.

"Egal, was passiert, wir werden es gemeinsam durchstehen", versprach Lior, und Seraphina erwiderte den Blick, der nun von Entschlossenheit und Vertrauen geprägt war. Sie waren bereit, alles zu riskieren, um die Geheimnisse der Pyramiden zu enthüllen und die Dunkelheit zu besiegen, die Drakon über sie bringen wollte.

15.3 Die Pyramiden erwachen: Ein neues Zeitalter beginnt

Hoch am Himmel stand die Sonne und malte lange Schatten über die Wüste von Heliopolis, während Lior und Seraphina vor den erweckten Pyramiden verweilten. Ein tiefes Grollen durchbrach die Stille, als die uralten Steine zu pulsieren schienen, ihre jahrtausendealten Geheimnisse drängend offenbarend. Dieser Augenblick erweckte in ihnen sowohl Ehrfurcht als auch Angst. Ihre Entdeckung war nicht nur eine wissenschaftliche Sensation; sie stellte den Schlüssel zu einer Macht dar, die weit über ihr Verständnis hinausging.

"Wir haben es geschafft", flüsterte Lior, seine Stimme zitterte vor Aufregung und Furcht. "Die Pyramiden sind nicht nur Grabstätten. Sie sind das Gefängnis der Götter." Seine Augen leuchteten, während er die Dimensionen der Wahrheit erkannte, die sich vor ihm entfalteten. Doch mit dieser Erkenntnis kam auch die schleichende Angst vor den Konsequenzen ihrer Handlungen. Was, wenn die Götter, die sie erweckt hatten, nicht bereit waren, in Frieden zu ruhen?

Seraphina, die neben ihm stand, spürte ein Kribbeln in der Luft, als ob die Energie der Pyramiden sie umhüllte. "Wir müssen vorsichtig sein, Lior. Wir wissen nicht, was wir entfesseln könnten." Ihre Stimme war fest, doch Unsicherheit schwang mit. Sie hatte immer an das Übernatürliche geglaubt, doch jetzt, da sie den Beweis vor sich sah, wurde sie von Zweifeln geplagt. Was, wenn ihre Theorien über die Pyramiden als Gefängnisse wahr waren? Was, wenn sie etwas aus dem Schlaf gerissen hatten, das die Welt nicht ertragen konnte?

In diesem entscheidenden Moment spürten beide die Last ihrer Verantwortung. Die Pyramiden waren nicht nur Monumente der Vergangenheit; sie waren lebendige Erinnerungen an die Macht und den Einfluss, den die alten Götter einst über die Menschheit hatten. Lior dachte an seinen Vater, dessen Schicksal untrennbar mit diesen Geheimnissen verbunden war. Hatte er das gleiche Schicksal erlitten, weil er die Grenzen des Wissens überschritt? Diese Gedanken nagten an ihm, während er die Pyramiden betrachtete, die nun wie Wächter über die Wüste wachten.

"Wir müssen einen Plan schmieden", sagte Lior schließlich, die Entschlossenheit in seiner Stimme wuchs. "Wir können nicht zulassen, dass Drakon oder irgendjemand sonst diese Macht für seine eigenen Zwecke missbraucht." Seraphina nickte, und in diesem Moment schien eine stille Einigkeit zwischen ihnen zu entstehen. Sie waren Rivalen, ja, aber sie waren auch Verbündete in einem Kampf, der größer war als sie selbst.

Die Herausforderungen, die vor ihnen lagen, waren gewaltig. Die Pyramiden waren nicht nur physische Strukturen; sie waren Symbole für das, was die Menschheit im Laufe der Jahrhunderte verloren hatte – Wissen, Macht und die Fähigkeit, mit der Vergangenheit zu leben. Während sie die ersten Schritte in die Dunkelheit der Kammer machten, spürten sie die drängende Gefahr, die mit ihrer Entdeckungsreise verbunden war. Jeder Schritt könnte der letzte sein, und die Schatten der Geschichte schienen sie zu verfolgen.

"Was, wenn wir scheitern?" fragte Seraphina, ihre Stimme kaum mehr als ein Flüstern. "Was, wenn wir die Götter zurückbringen und sie uns nicht verzeihen?" Lior drehte sich zu ihr um, seine Augen fest entschlossen. "Dann müssen wir bereit sein, die Konsequenzen zu tragen. Aber wir dürfen nicht aufgeben. Nicht jetzt."

Mit einem letzten Blick auf die erweckten Pyramiden wandten sie sich der Dunkelheit zu, die vor ihnen lag. Es war ein neuer Anfang, ein neues Zeitalter, das sie selbst gestalten mussten. Die Themen von Macht und Verantwortung, die sie in den letzten Tagen so oft diskutiert hatten, wurden nun greifbar. Sie waren nicht nur auf der Suche nach Antworten; sie waren Teil eines größeren Spiels, in dem die Vergangenheit die Gegenwart beeinflusste und die Zukunft ungewiss blieb.

Als sie tiefer in die Kammer vordrangen, spürten sie, dass die Zeit gegen sie arbeitete. Der Fluch, der mit den Pyramiden verbunden war, war nicht nur eine Legende; er war real und forderte seinen Tribut. Doch inmitten der Dunkelheit blühte auch ein Funke der Hoffnung auf. Sie hatten die Möglichkeit, die Geheimnisse zu lüften und die Welt zu verändern. Und während sie sich den Herausforderungen des Fluchs stellten, wussten sie, dass sie nicht allein waren. Gemeinsam würden sie kämpfen, um die Wahrheit ans Licht zu bringen.

16
Die Wahrheit ans Licht

16.1 Enthüllungen über die Pyramiden: Geheimnisse gelüftet

In der drückenden Stille der unterirdischen Kammer wagten sich Lior und Seraphina tiefer in das geheimnisvolle Dunkel. Die Wände waren mit rätselhaften Hieroglyphen bedeckt, die im schwachen Licht ihrer Taschenlampen zu pulsieren schienen, als ob sie lebendig wären. Lior spürte, wie sein Herz schneller schlug, während er die Symbole betrachtete, die Geschichten von längst vergangenen Zeiten erzählten. Es war der Moment, auf den er so lange gewartet hatte, und doch war die Aufregung von einem Gefühl der Beklemmung begleitet. Was würden sie entdecken? Welche Geheimnisse lagen verborgen, und welche Konsequenzen würden sich daraus ergeben?

Seraphina stand neben ihm, ihre Augen leuchteten vor Neugier und Entschlossenheit. "Lior, schau dir das an! Diese Inschriften könnten der Schlüssel zu allem sein", rief sie und deutete auf ein besonders komplexes Muster. Ihre Stimme war von einer Mischung aus Faszination und Ehrfurcht durchzogen. Doch in ihrem Blick lag auch eine gewisse Unsicherheit, als ob sie sich fragte, ob die Wahrheit, die sie suchten, nicht mehr war als nur ein weiteres Stück des Puzzles.

"Ja, aber was, wenn wir etwas finden, das wir nicht verstehen können? Etwas, das uns übersteigt?" Lior konnte nicht anders, als an die Geschichten zu denken, die er als Kind gehört hatte – Geschichten über uralte Götter, die in den Pyramiden gefangen waren, und Flüche, die jeden trafen, der versuchte, ihre Geheimnisse zu lüften. Diese Gedanken nagten an ihm, während er sich dem unbekannten Terrain näherte.

Seraphina schüttelte den Kopf. "Wir müssen es herausfinden. Das ist unsere Chance, die Geschichte neu zu schreiben. Die Pyramiden sind nicht nur Grabstätten; sie sind ein Teil unserer Vergangenheit, der darauf wartet, entdeckt zu werden." Ihre Überzeugung war ansteckend, und Lior fühlte, wie seine eigenen Zweifel zu schwinden begannen. Vielleicht war dies der Moment, in dem sie die Wahrheit ans Licht bringen konnten – die Wahrheit über die Pyramiden und die Götter, die sie bewachten.

Als sie weiter in die Kammer vordrangen, stießen sie auf einen großen Steinblock, der in der Mitte des Raumes lag. Er war mit seltsamen Symbolen bedeckt, die sich von den anderen abhoben. Lior kniete sich nieder, um die Inschriften genauer zu betrachten. "Das hier... es könnte eine Art Schlüssel sein", murmelte er, während er die Zeichen entschlüsselte. "Es spricht von einem Ritual, das die Macht der Götter entfesseln kann."

Seraphina trat näher, ihre Neugier überwältigte ihre Skepsis. "Was für ein Ritual? Und was bedeutet das für uns?" Sie klang besorgt, als sie die Möglichkeit in Betracht zog, dass sie nicht nur Wissen erlangen, sondern auch eine unvorhersehbare Kraft freisetzen könnten.

"Es spricht von einem Opfer", antwortete Lior, seine Stimme wurde leiser. "Ein Opfer, das notwendig ist, um die Götter zu besänftigen. Wenn wir das nicht richtig machen, könnten wir etwas entfesseln, das wir nicht kontrollieren können."

Die Realität ihrer Situation drang in ihr Bewusstsein ein. Die Aufregung, die sie zuvor empfunden hatten, wurde von einer neuen, drängenden Angst ersetzt. Was, wenn sie die Grenzen überschritten, die nie hätten überschritten werden dürfen? Lior dachte an seinen Vater, der in einem ähnlichen Abenteuer verschwunden war. Hatte er auch an die Konsequenzen seiner Taten gedacht?

"Wir müssen vorsichtig sein", sagte Seraphina, ihre Stimme war jetzt fest. "Wir können nicht einfach blindlings voranschreiten. Wir müssen die Risiken abwägen."

"Aber was, wenn wir die Antworten finden, die die Welt verändern könnten? Was, wenn wir die Geheimnisse der Pyramiden lüften und die Menschheit vor einer Gefahr warnen können, die sie nicht einmal kennt?" Lior spürte, wie seine Leidenschaft wieder aufloderte. "Wir müssen es versuchen, Seraphina. Es ist unsere Verantwortung."

In diesem Moment, zwischen der Angst vor dem Unbekannten und dem Drang, die Wahrheit zu entdecken, spürten sie beide die Schwere ihrer Entscheidungen. Die Pyramiden waren nicht nur Monumente der Vergangenheit; sie waren lebendige Zeugen der Geschichte, die bereit waren, ihre Geheimnisse zu enthüllen. Doch der Preis für dieses Wissen könnte höher sein, als sie sich je vorgestellt hatten.

"Lass uns das Ritual vorbereiten", sagte Seraphina schließlich, ihre Stimme war entschlossen. "Wenn wir es richtig machen, könnten wir die Macht der Götter nutzen, um die Welt zu verändern."

Während sie sich auf die bevorstehenden Herausforderungen vorbereiteten, spürten sie, dass ihre Beziehung auf die Probe gestellt werden würde. Die Enthüllungen, die sie entdeckten, würden nicht nur ihre Überzeugungen beeinflussen, sondern auch die Dynamik zwischen ihnen verändern. Verlust und Hoffnung, Zweifel und Entschlossenheit – all diese Themen würden sie auf ihrem Weg begleiten, während sie sich dem Geheimnis der Pyramiden näherten.

2.2 Frieden finden: Lior und Seraphina im Einklang

Die glühende Hitze der Wüste verdichtete die Luft um Lior und Seraphina, während sie den schmalen Pfad zwischen den Pyramiden beschritten. Jeder Schritt stellte einen Kampf gegen die drückende Schwere ihrer Rivalität dar, die wie ein unsichtbares Band zwischen ihnen hing. Doch in diesem Augenblick, umgeben von den ehrwürdigen Monumenten, begannen sie, die ersten Risse in dieser Rivalität zu erkennen. Es war, als ob die Pyramiden selbst sie herausforderten, ihre Differenzen zu überwinden und einen gemeinsamen Weg zu finden.

"Wir können nicht ewig gegeneinander arbeiten", sagte Lior, seine Stimme fest, doch in seinen Augen schimmerte Unsicherheit. "Die Geheimnisse, die wir suchen, sind größer als wir beide. Wenn wir nicht zusammenarbeiten, werden wir scheitern."

Seraphina blieb stehen und wandte sich ihm zu. Ihre grünen Augen funkelten vor Entschlossenheit. "Du sprichst von Zusammenarbeit, aber du bist immer noch überzeugt, dass deine Theorie die einzig wahre ist. Ich kann nicht einfach alles aufgeben, was ich glaube."

Ein kurzer Moment der Stille folgte, in dem die Wüste um sie herum lebendig schien, als würde sie ihre inneren Kämpfe beobachten. Lior spürte, wie der Wind sanft über seine Haut strich, als ob er ihn ermutigen wollte. "Ich weiß, dass wir unterschiedliche Ansichten haben, aber vielleicht gibt es einen Weg, unsere Theorien zu vereinen. Vielleicht sind die Pyramiden sowohl Grabstätten als auch Gefängnisse für Götter. Wir könnten die Wahrheit gemeinsam herausfinden."

Seraphina schloss für einen Moment die Augen, als ob sie die Worte abwägen wollte. "Was, wenn wir uns irren? Was, wenn das, was wir entdecken, uns in Gefahr bringt?" Ihre Stimme war leise, fast zerbrechlich. Sie hatte Angst, nicht nur um sich selbst, sondern auch um Lior. Diese Erkenntnis traf sie wie ein Blitz; sie wollte ihn nicht verlieren, so wie sie ihren Vater verloren hatte.

"Wir müssen Risiken eingehen", antwortete Lior, und seine Stimme wurde eindringlicher. "Jede Entdeckung hat ihren Preis. Aber wenn wir zusammenarbeiten, können wir vielleicht die Antworten finden, die wir suchen, ohne uns gegenseitig zu schaden."

Seraphina sah ihn an, und in diesem Blick lag eine neue Dimension. Die Rivalität, die sie bis jetzt angetrieben hatte, begann, sich in etwas anderes zu verwandeln – in eine Art von Respekt und vielleicht sogar in Vertrauen. "Vielleicht hast du recht", gestand sie schließlich. "Wir sollten es versuchen. Aber ich werde nicht aufgeben, an das Übernatürliche zu glauben. Das ist ein Teil von mir."

Lior nickte, erleichtert über ihre Bereitschaft, einen Schritt auf ihn zuzugehen. "Und ich werde deine Perspektive respektieren. Lass uns gemeinsam herausfinden, was die Pyramiden wirklich sind."

Als sie weitergingen, spürten sie, wie die Spannung zwischen ihnen nachließ. Es war, als ob die Wüste selbst sie in ihren warmen, sandigen Armen umarmte. Die Pyramiden ragten majestätisch in den Himmel, und in diesem Moment schienen sie mehr zu sein als nur Steine – sie waren ein Symbol für das, was Lior und Seraphina erreichen konnten, wenn sie zusammenarbeiteten.

Doch während sie sich auf ihre gemeinsame Mission konzentrierten, blieb die Schattenseite ihrer Entdeckungen nicht verborgen. Der Gedanke an Thaddeus Drakon, den skrupellosen Antiquitätenhändler, der ihnen auf den Fersen war, schwebte wie ein dunkler Schatten über ihnen. "Wir müssen vorsichtig sein", murmelte Seraphina, als sie an die Gefahren dachten, die vor ihnen lagen. "Drakon wird nicht aufgeben, und wir wissen nicht, wie weit er gehen wird, um die Geheimnisse der Pyramiden für sich zu beanspruchen."

"Dann müssen wir schneller sein", erwiderte Lior mit neuem Elan. "Gemeinsam können wir die Geheimnisse lüften und Drakon überlisten. Wir sind stärker, wenn wir zusammenarbeiten."

In diesem Moment, während die Sonne hinter den Pyramiden unterging und den Himmel in ein Feuerwerk aus Farben tauchte, fühlten Lior und Seraphina eine tiefe Verbundenheit. Sie waren nicht mehr nur Rivalen; sie waren Partner auf einer gefährlichen Reise, bereit, alles zu riskieren, um die Wahrheit ans Licht zu bringen. Und während die Dunkelheit der Nacht über die Wüste fiel, wussten sie, dass sie nicht allein waren. Ihre Differenzen hatten sie an diesen Punkt gebracht, und jetzt waren sie bereit, gemeinsam in die Dunkelheit zu treten.

16.3 Ein neuer Anfang: Hoffnung in der Dunkelheit

Die Schatten der Kammer schienen sich um Lior und Seraphina zu verdichten, während sie die letzten Geheimnisse der Pyramiden enthüllten. Ein Hauch von Erleichterung durchzog die Luft, als sie sich an den Händen hielten, ihre Herzen im Einklang schlagend. In diesem Moment der Offenbarung war die Bedrohung des Fluchs nicht mehr nur eine abstrakte Idee, sondern eine greifbare Realität, die sie dazu zwang, die Konsequenzen ihrer Handlungen zu überdenken. Doch trotz der Gefahr, die vor ihnen lag, blühte in ihren Herzen ein Gefühl der Hoffnung auf, das wie ein Lichtstrahl durch die Schatten der Vergangenheit brach.

"Wir haben es geschafft", flüsterte Lior, seine Stimme zitterte vor Emotionen. "Die Pyramiden sind nicht nur Monumente, sie sind lebendige Zeugen unserer Geschichte." Seine Augen funkelten vor Entschlossenheit, während er die alten Schriften betrachtete, die sie entdeckt hatten. Jedes Wort, jede Zeichnung war ein Schlüssel zu einem größeren Verständnis, und in diesem Wissen lag eine Kraft, die sowohl befreiend als auch erschreckend war.

Seraphina nickte, ihre grünen Augen spiegelten die Komplexität ihrer Gefühle wider. "Aber was bedeutet das für uns? Für die Welt?" Sie wusste, dass die Antworten, die sie gefunden hatten, nicht nur ihre eigenen Überzeugungen in Frage stellten, sondern auch das Schicksal vieler beeinflussen könnten. Die Pyramiden waren nicht nur Gefängnisse für Götter; sie waren auch Träger uralter Macht, die in den falschen Händen verheerende Folgen haben könnte.

Ein kurzer Blick zwischen ihnen genügte, um die unausgesprochenen Gedanken zu teilen. Sie waren nicht nur Rivalen, sondern Verbündete in einem Wettlauf gegen die Zeit. Die Erkenntnis, dass sie gemeinsam stärker waren, gab ihnen den Mut, sich den Herausforderungen zu stellen, die noch vor ihnen lagen. Die Dunkelheit, die sie umgab, war nicht nur ein Symbol für die Gefahren, die sie überwinden mussten, sondern auch für die Ängste, die sie in sich trugen.

"Wir müssen Drakon aufhalten", sagte Lior mit fester Stimme. "Er darf nicht in den Besitz dieser Macht gelangen." Die Dringlichkeit seiner Worte hallte in der stillen Kammer wider, und Seraphina spürte, wie sich ihr Herz zusammenzog. Der skrupellose Antiquitätenhändler war nicht nur ein Feind; er war ein Symbol für alles, was sie bekämpfen wollten – Gier, Machtmissbrauch und die Missachtung der Geschichte.

"Ja", stimmte sie zu, ihre Stimme war fest. "Aber wir müssen auch unsere eigenen Überzeugungen hinterfragen. Was sind wir bereit zu opfern, um die Wahrheit zu schützen?" Diese Frage hing schwer in der Luft, und beide wussten, dass die Antwort nicht einfach sein würde. Die Vergangenheit hatte sie geprägt, und nun standen sie an einem Scheideweg, an dem sie entscheiden mussten, wie sie mit dem Wissen umgehen würden, das sie erlangt hatten.

Als sie sich auf den Weg zurück zur Oberfläche machten, spürten sie die Hitze der Wüstensonne, die durch die Dunkelheit drang. Es war ein neuer Tag, ein neuer Anfang, und mit ihm kam die Möglichkeit, die Welt zu verändern. Die Pyramiden, einst Symbole des Todes, wurden zu Zeichen der Hoffnung. Sie hatten die Macht, die Vergangenheit zu verstehen und die Zukunft zu gestalten.

"Lior", begann Seraphina zögernd, "was, wenn wir nicht nur die Geheimnisse der Pyramiden lüften, sondern auch die Menschen um uns herum aufklären? Wir könnten ein neues Kapitel in der Geschichte schreiben." Ihre Augen leuchteten vor Begeisterung, und Lior fühlte, wie sich sein Herz mit Hoffnung füllte. Es war nicht nur die Suche nach Wissen, die sie verband, sondern auch der Wunsch, die Welt zu einem besseren Ort zu machen.

"Das ist es, was wir tun müssen", antwortete er, und in diesem Moment fühlte er sich unbesiegbar. Gemeinsam würden sie die Geheimnisse der Pyramiden entschlüsseln und die Wahrheit ans Licht bringen. Die Verantwortung, die auf ihren Schultern lastete, war schwer, aber sie waren bereit, sich ihr zu stellen. Denn in der Dunkelheit hatten sie nicht nur die Geheimnisse der Vergangenheit entdeckt, sondern auch die Stärke, die in der Zusammenarbeit lag.

So verließen sie die Kammer, Hand in Hand, bereit, sich den Herausforderungen zu stellen, die vor ihnen lagen. Die Pyramiden waren nicht nur Steine, sie waren ein Erbe, das es zu bewahren galt. Und während die Sonne über dem Horizont aufging, spürten sie, dass dies erst der Anfang einer Reise war, die sie für immer verändern würde.

17
Rückkehr ins Licht

17.1 Wunden heilen: Die Kraft der Vergebung

Langsam versank die Sonne hinter den Pyramiden von Heliopolis und hüllte die Wüste in ein warmes, goldenes Licht. Am Rand einer tiefen Schlucht standen Lior Kemet und Seraphina Almaso, verborgen hinter dem geheimen Eingang zu der unterirdischen Kammer, die sie entdeckt hatten. Die Luft war schwer von der Hitze des Tages, doch in ihren Herzen brannte ein Feuer, das weit über die physische Erschöpfung hinausging. Es war die glühende Anziehungskraft zwischen ihnen, die sie trotz ihrer Differenzen zusammenführte.

"Wir müssen uns entscheiden, was wir mit dem Wissen tun, das wir erlangt haben", sagte Lior, seine Stimme fest, aber von innerer Unsicherheit durchzogen. "Die Pyramiden sind mehr als nur Steine; sie sind Schlüssel zu etwas Größerem. Wir können nicht einfach wegsehen."

Seraphina drehte sich zu ihm um, ihre grünen Augen funkelten im Licht der untergehenden Sonne. "Und was ist, wenn dieses Wissen uns mehr schadet als nützt? Was, wenn wir die Götter wecken, die hier gefangen sind? Ich habe immer geglaubt, dass die Pyramiden nicht nur Monumente sind, sondern auch Gefängnisse." Ihre Stimme war eindringlich, und Lior spürte die Schwere ihrer Worte.

"Wir können nicht in Angst leben", erwiderte Lior und trat einen Schritt näher. "Wir müssen die Vergangenheit konfrontieren, um die Zukunft zu gestalten. Vielleicht ist es an der Zeit, unsere Wunden zu heilen."

Seraphina sah ihn an, und in diesem Moment wurde die Spannung zwischen ihnen greifbar. Es war nicht nur die Rivalität, die sie verband, sondern auch eine tiefere emotionale Schicht, die aus ihren gemeinsamen Kämpfen und Verlusten entstand. Lior dachte an seinen Vater, der bei einem ähnlichen Abenteuer verschwunden war, und Seraphina an die Zweifel, die sie seit ihrer Kindheit begleiteten. Diese Wunden waren nicht nur Narben der Vergangenheit, sondern auch Hindernisse, die sie überwinden mussten, um voranzukommen.

"Vergebung ist nicht einfach", flüsterte Seraphina, während sie in die Ferne blickte. "Es erfordert Mut, sich den eigenen Fehlern zu stellen und die Verantwortung für die eigenen Entscheidungen zu übernehmen."

Lior nickte, sein Herz schlug schneller. "Vielleicht ist das der Schlüssel. Wir müssen uns gegenseitig vergeben, um die Last der Vergangenheit abzulegen. Nur so können wir die Herausforderungen meistern, die vor uns liegen."

In diesem Moment fühlte Seraphina eine Welle der Erleichterung. Die Worte, die sie so lange zurückgehalten hatte, fanden endlich ihren Weg nach außen. "Ich habe oft an dir gezweifelt, Lior. Deine Obsession mit den Pyramiden hat mich frustriert, aber ich sehe jetzt, dass du nicht nur nach Wahrheit suchst. Du suchst nach einem Weg, die Vergangenheit zu verstehen und zu heilen."

"Und ich sehe in dir eine Stärke, die ich nicht ignorieren kann", antwortete Lior, seine Stimme voller Ehrfurcht. "Wir sind nicht so unterschiedlich, wie wir dachten. Unsere Ziele sind zwar verschieden, aber unser Wunsch nach Verständnis und Wahrheit vereint uns."

Seraphina lächelte, und in diesem Augenblick schien die Wüste um sie herum zu verblassen. Die Schatten der Vergangenheit, die sie so lange verfolgt hatten, begannen zu schwinden, und die Möglichkeit einer neuen Zukunft schimmerte in der Dämmerung. Doch die Herausforderungen, die vor ihnen lagen, waren nicht zu unterschätzen. Der Fluch, der die Pyramiden umgab, war real, und sie mussten sich ihm gemeinsam stellen.

"Lass uns einen Plan schmieden", sagte Lior entschlossen. "Wir müssen herausfinden, wie wir den Fluch brechen können, bevor es zu spät ist. Aber zuerst müssen wir unsere eigenen Ängste überwinden."

"Und unsere Wunden heilen", fügte Seraphina hinzu, ihre Stimme jetzt voller Zuversicht. "Wir können nicht alleine kämpfen. Wir müssen einander vertrauen."

Die Dunkelheit um sie herum schien weniger bedrohlich, als sie Hand in Hand den ersten Schritt in die unbekannte Tiefe der Kammer wagten. Gemeinsam würden sie die Geheimnisse der Pyramiden lüften und die Kraft der Vergebung entdecken, die nicht nur ihre Wunden heilen, sondern auch das Schicksal der Welt verändern könnte.

17.2 Ein Blick in die Zukunft: Träume und Möglichkeiten

Vor ihnen erstreckte sich die geheimnisvolle Wüste von Heliopolis, während Lior und Seraphina auf dem schroffen Felsen saßen, der den Zugang zur unterirdischen Kammer verbarg. Die sengende Sonne warf lange Schatten, und die Luft war durchzogen von der Vorahnung eines neuen Abenteuers. Lior starrte in die Ferne, seine Gedanken wirbelten wie der Sand, der um ihre Füße tanzte. Was würde die Zukunft bringen? Welche Geheimnisse würden sie noch lüften? In diesem Moment spürte er, dass sich etwas in ihm veränderte.

Seraphina, die neben ihm saß, beobachtete ihn aufmerksam. Ihre grünen Augen funkelten vor Neugier und Entschlossenheit. "Lior", begann sie, "was denkst du, wird mit uns geschehen, wenn wir die Wahrheit über die Pyramiden entdecken?" Ihre Stimme war sanft, aber fest, und sie stellte eine Frage, die nicht nur ihre Beziehung, sondern auch ihre gemeinsamen Träume betraf.

"Ich weiß es nicht", antwortete Lior nachdenklich. "Aber ich fühle, dass wir an einem Wendepunkt stehen. Die Pyramiden sind mehr als nur Steine; sie sind Zeugen einer Geschichte, die darauf wartet, erzählt zu werden." Er drehte sich zu ihr um, und in seinen Augen lag eine Mischung aus Hoffnung und Angst. "Was, wenn wir die Geheimnisse lüften und sie uns in eine Richtung führen, die wir nicht kontrollieren können?"

Seraphina nickte, und für einen Moment herrschte Stille zwischen ihnen. Diese Stille war jedoch nicht unangenehm; sie war voller unausgesprochener Gedanken und Emotionen. Lior spürte, wie die Rivalität, die sie einst getrennt hatte, allmählich in etwas Größeres umschlug – in eine Partnerschaft, die auf Vertrauen und Zusammenarbeit basierte. "Vielleicht ist das der Schlüssel", sagte sie schließlich. "Wenn wir zusammenarbeiten, können wir die Herausforderungen meistern, die uns bevorstehen."

"Zusammenarbeit", wiederholte Lior und ließ das Wort in seinem Kopf nachhallen. "Ja, vielleicht ist das der Weg. Wir müssen unsere Differenzen überwinden, um die Pyramiden zu verstehen." Er dachte an die hitzigen Debatten, die sie geführt hatten, und an die Momente, in denen sie sich gegenseitig herausgefordert hatten. Diese Konflikte hatten sie geprägt, aber jetzt, da sie an der Schwelle zu etwas Größerem standen, schien es, als ob sie sich auf eine gemeinsame Mission konzentrieren könnten.

"Was, wenn wir die Pyramiden nicht nur als historische Artefakte betrachten, sondern als Schlüssel zu einer neuen Welt?" fragte Seraphina und lächelte. "Stell dir vor, was wir entdecken könnten! Die alten Götter, die Geheimnisse der Menschheit, die verlorenen Wahrheiten!" Ihre Begeisterung war ansteckend, und Lior konnte nicht anders, als sich von ihrer Vision mitreißen zu lassen.

"Ja, und vielleicht können wir die Welt verändern", fügte Lior hinzu, während er die Möglichkeit erkundete, dass ihre Entdeckungen nicht nur ihr eigenes Leben, sondern auch das Schicksal der Menschheit beeinflussen könnten. "Wir könnten die Hüter des Wissens werden, die die Vergangenheit mit der Zukunft verbinden."

Die Vorstellung, dass sie nicht nur Forscher, sondern auch Wegbereiter für eine neue Ära sein könnten, erfüllte Lior mit einer neuen Entschlossenheit. Er spürte, wie die Rivalität, die sie einst getrennt hatte, in eine kraftvolle Allianz umschlug. "Wir müssen unser Wissen bündeln, Seraphina. Nur gemeinsam können wir die Herausforderungen meistern, die vor uns liegen."

Seraphina lächelte, und in diesem Moment wusste Lior, dass sie nicht nur Partner in der Forschung waren, sondern auch Verbündete im Kampf gegen die Dunkelheit, die die Pyramiden umgab. Ihre unterschiedlichen Ansichten hatten sie anfangs getrennt, aber jetzt schienen sie wie zwei Seiten derselben Medaille zu sein. Sie waren bereit, die Geheimnisse der Pyramiden zu lüften und die Welt zu verändern.

"Lass uns einen Plan schmieden", sagte Seraphina mit neuem Elan. "Wir müssen herausfinden, wie wir die Pyramiden betreten und die Geheimnisse, die sie bergen, entschlüsseln können." Lior nickte zustimmend, und in seinen Augen brannte ein Feuer der Entschlossenheit. Gemeinsam würden sie die Pyramiden erobern und die Zukunft gestalten.

In diesem Moment, umgeben von der majestätischen Wüste und den geheimnisvollen Pyramiden, fühlten sie sich unbesiegbar. Die Herausforderungen, die vor ihnen lagen, schienen weniger bedrohlich, als sie sich in die Augen sahen und die unbestimmte Zukunft erkundeten. Sie waren bereit, ihre Träume zu verwirklichen und die Geheimnisse der Vergangenheit zu lüften, die das Schicksal der Menschheit beeinflussen könnten.

17.3 Die Pyramiden: Symbole der Hoffnung und des Wissens

Als die letzten Strahlen der sinkenden Sonne über die majestätischen Pyramiden von Heliopolis tanzten, schien es, als ob die uralten Steine zum Leben erwachten. Hand in Hand standen Lior Kemet und Seraphina Almaso auf dem staubigen Boden, ihre Herzen schlugen im Einklang mit dem geheimnisvollen Puls der Wüste. Die Erkenntnis, dass die Pyramiden weit mehr waren als bloße Monumente der Vergangenheit, sondern auch leuchtende Symbole der Hoffnung und des Wissens für die Zukunft, durchdrang sie wie ein Lichtstrahl, der die Dunkelheit durchbricht. In diesem Moment der Offenbarung spürten sie die Dringlichkeit ihrer Mission, die weit über persönliche Ambitionen hinausging.

"Wir haben nicht nur die Geheimnisse der Pyramiden entdeckt", flüsterte Lior, seine Stimme kaum mehr als ein Hauch. "Wir stehen an der Schwelle zu etwas Größerem. Diese Monumente sind nicht nur Grabstätten; sie sind Wächter des Wissens, das die Menschheit braucht." Seine Augen funkelten vor Entschlossenheit, während er die Worte sprach, die in seinem Inneren brannten.

Seraphina nickte, doch ein Schatten der Besorgnis legte sich über ihr Gesicht. "Aber was bedeutet das für uns? Für die Welt?" Ihre Stimme zitterte leicht, als sie an die Gefahren dachte, die mit dieser Entdeckung verbunden waren. Der Fluch, der die Pyramiden umgab, war real, und die Macht, die sie bargen, konnte sowohl retten als auch zerstören. "Wir müssen vorsichtig sein, Lior. Die Wahrheit hat ihren Preis."

Die Erinnerung an Thaddeus Drakon, den skrupellosen Antiquitätenhändler, der bereit war, alles zu tun, um die Macht für sich zu beanspruchen, schwebte wie ein dunkler Schatten über ihnen. Lior und Seraphina hatten bereits zu viele Risiken eingegangen, und die Frage nach der Verantwortung lastete schwer auf ihren Schultern. Die Pyramiden waren nicht nur Zeugen der Vergangenheit, sondern auch Schlüssel zur Zukunft, und sie mussten entscheiden, wie sie mit diesem Wissen umgehen wollten.

"Wir dürfen nicht zulassen, dass Gier und Machtstreben die Oberhand gewinnen", sagte Lior, seine Stimme fest und klar. "Wir müssen die Pyramiden schützen und ihr Wissen für das Wohl der Menschheit nutzen." In seinen Augen brannte eine Flamme der Überzeugung, die Seraphina ansteckte. Sie wusste, dass sie gemeinsam stark waren, dass ihre Rivalität in Zusammenarbeit umschlagen konnte, wenn sie sich dem gemeinsamen Ziel verschrieben.

"Ja, wir müssen einen Weg finden, die Pyramiden zu bewahren und gleichzeitig die Wahrheit zu enthüllen", stimmte Seraphina zu, und ein Gefühl der Entschlossenheit erfüllte sie beide. "Doch wie können wir sicherstellen, dass die Geheimnisse nicht in die falschen Hände

Die Antwort lag in der Erkenntnis, dass sie nicht allein waren. Die Pyramiden hatten sie zusammengeführt, und die Geheimnisse, die sie bargen, waren auch ihre eigenen. In diesem Moment der Klarheit wussten sie, dass sie die Hüter des Wissens waren, und dass ihre Entscheidungen die Welt beeinflussen würden. Sie waren nicht nur Archäologen oder Historiker; sie waren die Verwalter einer Erbschaft, die die Menschheit in eine neue Ära führen könnte.

"Wir müssen die anderen warnen", sagte Lior entschlossen. "Wir müssen eine Allianz bilden, um die Pyramiden zu schützen und die Wahrheit zu verbreiten."

Seraphina lächelte, und in diesem Lächeln lag eine Mischung aus Hoffnung und Entschlossenheit. "Lass uns unsere Kräfte bündeln. Gemeinsam können wir die Herausforderungen meistern, die vor uns liegen."

Während sie sich auf den Weg zurück zur Stadt machten, spürten sie die Dringlichkeit ihrer Mission. Die Pyramiden waren nicht nur Symbole der Vergangenheit, sondern auch der Hoffnung und des Wissens für die Zukunft. Und obwohl die Gefahren, die mit ihrer Entdeckung verbunden waren, überwältigend schienen, waren sie bereit, sich diesen Herausforderungen zu stellen. Denn sie wussten, dass die Vergangenheit die Gegenwart beeinflusste, und dass ihre Entscheidungen das Schicksal der Welt bestimmen könnten.

Mit jedem Schritt, den sie in die glühende Dämmerung setzten, wuchs ihre Entschlossenheit. Sie waren bereit, alles zu riskieren, um die Geheimnisse der Pyramiden zu bewahren und die Welt zu einem besseren Ort zu machen. In ihren Herzen brannte die Flamme des Wissens, und sie waren entschlossen, sie am Leben zu erhalten, egal welche Herausforderungen auf sie warteten.

18
Das Erbe der Pyramiden

18.1 Ein neues Kapitel: Die Reise geht weiter

Unbarmherzig brannte die Sonne auf die Wüste von Heliopolis, während Lior Kemet und Seraphina Almaso auf einem kleinen Hügel standen, der einen atemberaubenden Blick auf die majestätischen Pyramiden bot. Diese monumentalen Strukturen, die sie so lange studiert hatten, schienen in der Hitze des Tages zu flimmern, als ob sie Geheimnisse flüsterten, die nur darauf warteten, entdeckt zu werden. Umgeben von der Stille der Wüste reflektierten sie über die Lehren, die sie aus ihrer gemeinsamen Reise gezogen hatten.

"Es ist kaum zu fassen, wie weit wir gekommen sind", begann Lior, seine Stimme war ein Hauch über den heißen Sand. "Ich hätte nie gedacht, dass ich eines Tages hier stehen würde, mit dir an meiner Seite." Er drehte sich zu Seraphina um, deren grüne Augen im Sonnenlicht funkelten. Sie hatte sich in den letzten Monaten als unerwartete Verbündete erwiesen, und trotz ihrer anfänglichen Rivalität war eine tiefe Verbindung zwischen ihnen gewachsen.

Seraphina nickte nachdenklich. "Ja, es fühlt sich an, als ob wir nicht nur die Pyramiden erforscht haben, sondern auch uns selbst. Wir haben unsere Differenzen überwunden, um etwas Größeres zu erreichen." Ihre Stimme war fest, aber in ihren Augen lag ein Schatten von Unsicherheit. "Aber was kommt als Nächstes? Können wir wirklich das Wissen bewahren, das wir entdeckt haben?"

"Wir müssen es versuchen", antwortete Lior entschlossen. "Die Pyramiden sind mehr als nur Steine; sie sind das Erbe einer Zivilisation, die uns noch viel lehren kann. Wir sind die Hüter dieses Wissens." Seine Worte waren von einer tiefen Überzeugung durchdrungen, die ihn antrieb. Doch während er sprach, spürte er die Schwere der Verantwortung, die auf seinen Schultern lastete.

Seraphina sah ihn an, ihre Zweifel schienen für einen Moment zu schwinden. "Du hast recht. Wir haben so viel gelernt, und wir können nicht zulassen, dass andere es für ihre eigenen egoistischen Zwecke missbrauchen. Drakon wird nicht aufgeben, und wir müssen bereit sein, ihn aufzuhalten."

Die Erwähnung von Thaddeus Drakon ließ die Luft zwischen ihnen schwer werden. Der skrupellose Antiquitätenhändler war nicht nur ein Feind, sondern auch ein Symbol für die Gier und den Missbrauch von Wissen. Lior und Seraphina hatten bereits die Schatten seiner Machenschaften gespürt, und die Vorstellung, dass er die Geheimnisse der Pyramiden für seine eigenen finsteren Pläne nutzen könnte, ließ ihre Herzen schneller schlagen.

"Wir müssen zusammenarbeiten", sagte Lior und legte seine Hand auf Seraphinas Schulter. "Egal, wie sehr wir uns manchmal streiten, wir sind stärker, wenn wir uns vereinen." Diese Worte waren nicht nur eine Aufforderung zur Zusammenarbeit, sondern auch ein Versprechen, das sie sich gegenseitig gaben. Die Rivalität, die einst zwischen ihnen gestanden hatte, verwandelte sich allmählich in eine Partnerschaft, die auf Vertrauen und Respekt basierte.

Seraphina lächelte schwach, und in diesem Moment fühlte Lior, dass sie einen Wendepunkt erreicht hatten. "Lass uns die Geheimnisse der Pyramiden entschlüsseln und sicherstellen, dass sie in den richtigen Händen bleiben. Wir müssen die Wahrheit ans Licht bringen, bevor es zu spät ist."

Die beiden blickten erneut auf die Pyramiden, die in der Ferne thronten, und ein Gefühl der Entschlossenheit erfüllte sie. Sie waren bereit, sich den Herausforderungen zu stellen, die vor ihnen lagen, und die Lektionen, die sie aus ihrer Reise gelernt hatten, würden sie leiten. Die Themen von Vertrauen und Zusammenarbeit waren nicht nur Worte; sie waren das Fundament, auf dem sie ihre Mission aufbauen würden.

Doch während sie sich auf die bevorstehenden Abenteuer vorbereiteten, spürten sie auch die drohende Gefahr, die in der Dunkelheit lauerte. Die Pyramiden waren nicht nur ein Ort des Wissens, sondern auch ein Raum voller Geheimnisse und Gefahren. Und sie wussten, dass sie nicht nur gegen die Zeit, sondern auch gegen die Mächte antreten mussten, die alles daran setzen würden, das Wissen zu kontrollieren, das sie zu schützen versuchten.

"Lass uns gehen", sagte Lior schließlich, seine Stimme fest und voller Entschlossenheit. "Es gibt noch viel zu tun, und wir dürfen keine Zeit verlieren."

Seraphina nickte zustimmend, und gemeinsam machten sie sich auf den Weg zurück ins Herz der Pyramiden, bereit, die Herausforderungen anzunehmen, die auf sie warteten. Ihr neues Kapitel hatte begonnen, und sie waren entschlossen, es gemeinsam zu schreiben.

18.2 Hüter des Wissens: Verantwortung und Erbe

In einem goldenen Licht erstrahlte die Wüste von Heliopolis, während Lior und Seraphina an einem verborgenen Ort zusammenkamen, um die letzten Geheimnisse der Pyramiden zu ergründen. Der Wind brachte den staubigen Duft jahrtausendealter Steine mit sich, während die beiden Archäologen über die Bedeutung ihrer Entdeckungen nachdachten. In diesem Augenblick wurde ihnen bewusst, dass sie nicht nur Forscher waren, sondern auch die Hüter des Wissens, das in den Pyramiden verborgen lag. Diese Erkenntnis lastete wie ein schwerer Stein auf ihren Schultern, und sie wussten, dass ihre Verantwortung weit über ihre eigenen Ambitionen hinausging.

"Wir haben die Geheimnisse der Vergangenheit entdeckt, aber was bedeutet das für die Zukunft?" fragte Lior, seine Stimme zitterte vor Anspannung. "Was, wenn wir nicht bereit sind, die Wahrheit zu tragen? Was, wenn das Wissen, das wir erlangen, mehr Schaden anrichtet als Nutzen bringt?" Seine Augen suchten Seraphinas, die ihm gegenüberstand, ihre grünen Augen funkelten vor Entschlossenheit, aber auch vor Unsicherheit.

"Wir müssen es herausfinden", antwortete Seraphina, ihre Stimme fest und klar. "Wenn wir diese Geheimnisse ignorieren, könnten wir die Welt in Gefahr bringen. Die Pyramiden sind nicht nur Monumente; sie sind auch Gefängnisse, die uralte Mächte enthalten. Wir müssen sicherstellen, dass diese Kräfte nicht entfesselt werden." Ihre Worte hallten in der Stille der Wüste wider, und Lior spürte, wie sich ein Schauer über seinen Rücken zog. Die Vorstellung, dass sie möglicherweise die Welt vor einer drohenden Katastrophe retten mussten, war überwältigend.

In den Tiefen der Kammer, die sie entdeckt hatten, hatten sie alte Schriften gefunden, die von einem Fluch berichteten, der mit den Pyramiden verbunden war. Dieser Fluch war nicht nur eine Warnung, sondern auch ein Zeichen dafür, dass ihre Entdeckungen Konsequenzen hatten, die sie nicht vollständig begreifen konnten. "Was, wenn wir die falschen Entscheidungen treffen? Was, wenn wir die Macht, die wir erlangen, nicht kontrollieren können?" fragte Lior, seine Stimme war kaum mehr als ein Flüstern.

Seraphina trat näher, ihre Hand berührte sanft seinen Arm. "Wir müssen zusammenarbeiten, Lior. Nur gemeinsam können wir die Herausforderungen meistern, die uns bevorstehen. Wir sind nicht allein in dieser Verantwortung. Die Pyramiden haben uns gewählt, um ihre Geheimnisse zu bewahren." Ihr Blick war fest, und Lior spürte, wie sich ein Funke der Hoffnung in ihm regte. Sie waren Partner in diesem Abenteuer, und ihre Verbindung war stärker als jede Rivalität, die sie zuvor empfunden hatten.

Doch die Dringlichkeit ihrer Situation ließ keine Zeit für Zweifel. Thaddeus Drakon, der skrupellose Antiquitätenhändler, war ihnen auf den Fersen. Er hatte von ihren Entdeckungen erfahren und war entschlossen, die Macht der Pyramiden für seine eigenen finsteren Zwecke zu nutzen. "Wir müssen schnell handeln", sagte Lior, seine Stimme fest entschlossen. "Wir können nicht zulassen, dass Drakon die Kontrolle über das Wissen erlangt, das wir entdeckt haben."

Seraphina nickte, und gemeinsam schmiedeten sie einen Plan. Doch während sie sich auf die bevorstehenden Herausforderungen vorbereiteten, spürten sie die Last ihrer Verantwortung. Die Pyramiden waren nicht nur Monumente der Vergangenheit; sie waren lebendige Erinnerungen an die Fehler und Triumphe der Menschheit. "Wir müssen die Lehren der Vergangenheit verstehen, um die Zukunft zu schützen", sagte Seraphina nachdenklich.

Die Worte schwebten in der Luft, und Lior fühlte, wie die Schwere ihrer Aufgabe ihn drückte. "Wir sind die Hüter des Wissens", wiederholte er leise, als ob er die Bedeutung dieser Rolle verinnerlichen wollte. "Aber was, wenn wir scheitern? Was, wenn wir die Welt in Gefahr bringen?"

"Das dürfen wir nicht zulassen", erwiderte Seraphina mit fester Stimme. "Wir müssen alles tun, um die Pyramiden und das Wissen, das sie bergen, zu schützen. Unsere Entdeckungsreise ist nicht nur eine Suche nach Wahrheit, sondern auch ein Kampf gegen die Dunkelheit, die uns umgibt."

In diesem Moment wurde Lior klar, dass ihre Reise nicht nur eine physische, sondern auch eine spirituelle war. Sie mussten sich ihren eigenen Ängsten und Zweifeln stellen, während sie gleichzeitig die Geheimnisse der Pyramiden lüfteten. Die Vergangenheit würde sie immer begleiten, und ihre Entscheidungen würden die Zukunft formen. Mit einem tiefen Atemzug und einem Blick voller Entschlossenheit wandten sie sich den Pyramiden zu, bereit, sich den Herausforderungen zu stellen, die vor ihnen lagen.

18.3 Ein letzter Blick: Die Pyramiden und ihre Geheimnisse

Als die Sonne hinter dem Horizont verschwand, hüllte ihr warmes, goldenes Licht die Pyramiden in einen schimmernden Glanz, der die monumentalen Strukturen wie ein geheimnisvolles Kunstwerk erscheinen ließ. Hand in Hand standen Lior Kemet und Seraphina Almaso auf dem rauen Sand, ihre Augen fest auf die ehrfurchtgebietenden Bauwerke gerichtet, die seit Jahrtausenden über die Wüste wachten. In diesem Augenblick schien die Zeit stillzustehen, während sie die schleichende Gefahr spürten, die mit ihren Entdeckungen verbunden war. Die Pyramiden waren nicht bloß Relikte der Vergangenheit; sie waren lebendige Zeugen einer Geschichte, die weit über ihr Verständnis hinausging.

"Was haben wir angerichtet?", murmelte Lior, seine Stimme kaum mehr als ein Flüstern, das im Wind verwehte. "Wir haben die Geheimnisse der Götter geweckt." Seraphina sah ihn an, ihre grünen Augen funkelten vor Entschlossenheit, aber auch vor Angst. "Wir wussten, dass es riskant ist, Lior. Aber die Wahrheit ist es wert, entdeckt zu werden." Ihre Worte waren fest, doch in ihrem Inneren kämpfte sie mit den Konsequenzen ihrer Entscheidungen. Die Pyramiden schienen ihnen zuzuhören, als ob sie die Last der Verantwortung, die auf den Schultern der beiden lastete, spüren konnten.

Die Entdeckung des uralten Fluchs hatte alles verändert. Sie hatten nicht nur Wissen erlangt, sondern auch eine Macht entfesselt, die sie nicht vollständig begreifen konnten. Lior erinnerte sich an die Worte seines Vaters, die ihm oft in den Sinn kamen: "Wissen ist ein zweischneidiges Schwert, mein Sohn. Es kann dich erheben oder dich zerstören." Diese Worte hallten in seinem Kopf wider, während er die Pyramiden betrachtete, die nun wie Wächter ihrer eigenen Geheimnisse wirkten.

"Wir müssen einen Weg finden, den Fluch zu brechen", sagte Seraphina entschlossen. "Wir können nicht zulassen, dass die Vergangenheit uns kontrolliert." Lior nickte, aber die Zweifel nagten an ihm. Hatten sie wirklich die Kraft, das Unaussprechliche zu ändern? Die Pyramiden schienen zu flüstern, als ob sie die Gedanken der beiden vernahmen, und ein kalter Schauer lief ihm über den Rücken. Er dachte an die vielen, die vor ihnen gescheitert waren, und an die Schrecken, die sie erlitten hatten.

"Was, wenn wir scheitern?", fragte Lior leise. "Was, wenn wir die Götter wieder erwecken und alles, was wir lieben, verlieren?" Seraphina trat näher, ihre Hand umschloss fest seine. "Dann müssen wir es gemeinsam tun. Wir sind nicht allein in diesem Kampf. Wir haben uns gegenseitig." Ihre Worte waren wie ein Lichtstrahl in der Dunkelheit, und für einen Moment fühlte Lior, dass sie zusammen alles überwinden könnten.

Doch während sie sich in den Augen des anderen verloren, spürten sie die drängende Realität, die sie umgab. Thaddeus Drakon war nicht weit entfernt, und seine Gier nach Macht würde sie nicht in Ruhe lassen. "Wir müssen uns beeilen", sagte Lior schließlich. "Die Pyramiden bergen Geheimnisse, die die Welt verändern können, aber sie können auch zur Zerstörung führen."

Mit einem letzten Blick auf die majestätischen Strukturen wandten sie sich ab, bereit, sich den Herausforderungen zu stellen, die vor ihnen lagen. Die Pyramiden schienen in der Dämmerung zu pulsieren, als ob sie die Ankunft der Nacht feierten, und in diesem Moment wusste Lior, dass sie nicht nur gegen die Zeit, sondern auch gegen die Schatten ihrer eigenen Vergangenheit kämpften.

Die Wüste um sie herum war still, aber in der Luft lag eine unbestimmte Spannung. Jeder Schritt, den sie machten, war ein Schritt ins Unbekannte, und die Dunkelheit, die sich über die Landschaft legte, schien sowohl Bedrohung als auch Möglichkeit zu versprechen. "Lass uns gehen", sagte Seraphina, und gemeinsam traten sie in die Nacht, entschlossen, die Geheimnisse der Pyramiden zu lüften und den Fluch zu brechen, der ihre Schicksale miteinander verwoben hatte.

In diesem Moment wurde ihnen klar, dass die Pyramiden nicht nur Monumente der Vergangenheit waren, sondern auch Schlüssel zu einer Zukunft, die sie noch nicht vollständig begreifen konnten. Und während sie in die Dunkelheit schritten, spürten sie die Dringlichkeit und das Risiko, das mit ihrer Entdeckungsreise verbunden war. Die Vergangenheit würde sie nicht loslassen, bis sie die Wahrheit gefunden hatten.

In der glühenden Wüste von Heliopolis, wo die Pyramiden wie stumme Wächter über uralte Geheimnisse thronen, lebt der junge Archäologe Lior Kemet. Von einer unstillbaren Neugier getrieben, ist er überzeugt, dass diese monumentalen Bauwerke mehr sind als bloße Grabstätten – sie sind Schlüssel zu vergessenen Wahrheiten und verborgenen Mächten. Doch seine Entdeckungsreise wird durch die intrigante Historikerin Seraphina Almaso erschwert, die eine rivalisierende Theorie vertritt: Die Pyramiden sind nicht nur Monumente, sondern auch Gefängnisse für uralte Götter. Als Lior einen geheimen Eingang zu einer unterirdischen Kammer entdeckt, entfaltet sich ein Wettlauf gegen die Zeit. Der skrupellose Antiquitätenhändler Thaddeus Drakon hat Wind von dieser Entdeckung bekommen und ist fest entschlossen, die Macht in seinen Händen zu vereinen. Während Lior sich mit Seraphinas klugen Strategien auseinandersetzen muss, wird er auch mit den Schatten seiner eigenen Vergangenheit konfrontiert – Erinnerungen an den Verlust seines Vaters, der in einem ähnlichen Abenteuer verschwand. Die Beziehung zwischen Lior und Seraphina ist komplex; obwohl sie Rivalen sind, erkennen sie eine tiefe Anziehung zueinander. Diese Dynamik wird durch ihre unterschiedlichen Weltanschauungen verstärkt: Lior strebt nach Wahrheit und Wissen, während Seraphina leidenschaftlich an das Übernatürliche glaubt und ihre Theorien vehement verteidigt. Im Verlauf ihrer gemeinsamen Reise durch ein Labyrinth aus Verrat und Entdeckungen zeigt sich, dass sowohl Lior als auch Seraphina in einen jahrtausendealten Fluch verwickelt sind. Je näher sie dem Geheimnis der Pyramiden kommen, desto mehr müssen sie entscheiden: Sind sie bereit, ihre eigenen Überzeugungen zu opfern oder riskieren sie alles für eine Wahrheit jenseits ihrer Vorstellungskraft? Mit jedem Schritt in die Dunkelheit verdichtet sich das Rätsel um die Pyramiden und birgt immer größere Gefahren. Alte Mythen erwachen zum Leben und fordern sowohl ihren Verstand als auch ihr Herz heraus. In diesem Spiel um Macht und Wissen stehen nicht nur ihre Leben auf dem Spiel – das Schicksal der Welt selbst könnte auf dem Spiel stehen.

© 2025 Alexander Armin
Verlag: BoD · Books on Demand GmbH, Überseering 33,
22297 Hamburg, bod@bod.de
Druck: Libri Plureos GmbH, Friedensallee 273, 22763 Hamburg
ISBN: 978-3-8192-6509-9